正三角形は存在しない
霊能数学者・鳴神佐久に関するノート

二宮敦人

幻冬舎文庫

正三角形は存在しない

霊能数学者・鳴神佐久に関するノート

二宮敦人
ninomiya atsuto

目次

こんにちは。

私は、猿倉佳奈美《さるくらかなみ》と言います。

今年の春から大学生になりました。大学では心霊現象研究会というところに入りました。

あなたは、霊って信じてますか？

霊感のある方も、ない方もいると思います。また、霊を信じている方も、信じていない方もいると思います。

私は「霊感はない。けど、霊を信じている」タイプでした。

でも、不思議なんですよね。ある人——私が心霊現象研究会に入るきっかけを作った人なのですが——に言われて初めて疑問に思ったことがあります。どうして「霊感がないのに霊を信じられる」んでしょう。

霊感がなければ実際の霊は見えないわけで、せいぜい入ってくる情報は、霊を題材にした物語とか、噂《うわさ》話程度です。それなのに私は墓場でわけもなく緊張しますし、動物の死体を見つけたら黙って手を合わせます。霊の存在を心の奥では信じているんです。

アメリカという国に行ったことがなくとも、その存在を疑わないようなものかもしれませんね。

ただ、それ以外の理由もあるみたいです。

あの人に最近聞いたのですが、霊を信じている、もしくはそういうものが存在してもおかしくはないと感じている……それはつまり、霊感の一種だというのです。

あの人は、それを「霊に自分を見せる力」だと言っていました。

例えばあなたが霊を少し信じた時点で、霊からもあなたの存在を認識できるようになるのだそうです。強く信じていればはっきりと、少し興味を抱いた程度ならおぼろげに、霊があなたを認識するのです。

「霊を見る力」ではなく、「霊に自分を見せる力」。なんというか、受け身な感じの才能ですよね。

霊があなたを見ている。

霊があなたを発見する。

相手の霊にも「人間を見る力」の強弱があります。「人間を見る力」が強い霊ならば、あなたの姿がより鮮明に見え、興味を持って近づいてくるかもしれません。

今、背後に霊がいるかもしれない――。

そう考えた時こそ、背後の霊がこちらを振り向くのです。


でも、人間同士だってそうですよね。

例えば電車の中で、前の座席に人がいると意識した時、相手にもそれが伝わります。ひょっとしたら目が合うかもしれません。しかし、前の座席もろとも乗客を背景として見ていたら、なかなか目は合わないでしょう。

それと同じことなんだなあって、私には妙な納得感があります。

人間も霊も、同じルールに従っている。

あの人はそう言っていました。

論理的で、正確で、数学のようにキッチリと辻褄《つじつま》の合う存在。それが霊であり、人間だと言っていました。死んで霊になったくらいで人間の性質が変わるものか、霊も人間も本質的には同じ。だからちっとも怖がる必要はない、と。


何が言いたいのかわからなくなってきました。すみません。どうまとめたらいいのか、既に混乱し始めてます。

仕切り直し。

そもそもこのノートは、高校生の時の体験を書くつもりで買いました。今振り返っても、あの時起きたことが不思議でならないのです。何とかうまく整理して、保存しておくために、ノートに書くことを思いつきました。

期間としては、高校二年の七月中旬から、八月の終わりくらいまでの出来事でしょうか。

……緊張してきた。

全部、書ききれるだろうか。どこまで書こう。恥ずかしいことも、書いちゃう？

ま、どうせ誰にも見せないつもりだし、いいか。

時には日記のような形だったり、小説の形式だったり、色々使い分けると思います。混乱してしまったらごめんなさい。

ノート❶

正三角形の存在議論と、霊の存在議論との同質性について

高校二年の七月中旬。

今思い出してみても、あの頃の私の積極性は、やっぱり異常だったと思う。性格が違うと言われても納得だ。


その日、私は何度もタイミングを計っていた。

同じクラスとはいえ、一度も話したことのない男子に話しかけるのは、勇気がいるものだ。

授業中にちらちら視線を送り、次第に相手の方も何か妙な奴《やつ》に目をつけられているようだと警戒し始めた頃、チャイムが鳴った。

「鳴神《なるかみ》君！　一緒に帰ろう！」

チャンスは今しかない。

若干、いやかなり唐突に、私は彼に話しかけた。

「……猿倉……だっけ」

「にひひ」

怪訝《けげん》そうに眉《まゆ》をひそめる彼に、私は無理やりに笑いかける。

「にひひじゃないよ。何だよ、気持ち悪いな」

私は手早く机の上のものを鞄《かばん》に叩《たた》き込み、斜め後ろの彼の席に突っ込む勢いで接近する。

「いや、その、だからさー。今日、鳴神君とおしゃべりしたいなーって。ダメ？」

「全く意味がわからないんだけど」

困惑一割、不快二割、警戒七割の表情。それを見て私は思い出す。そういえば、鳴神君は苗字で呼ばれるのを嫌がるんだった。メイコがそう言っていた。やばいやばい。

「ね、帰りにちょっとお茶でもどう？　雄作君」

ため息をついて彼は立ち上がる。

「いきなり呼び方変えるなっての。……今思い出したろ、お前」

すいと彼の頭の位置が私の上になる。意外と身長あるんだなあ。

「別にお茶くらいはいいけど……」

「よかった！　じゃ、駅前行こうよ、雄作君」

「その呼ばれ方も俺、嫌なんだよ」

ぼそりと言って私を見下ろす。

「あれ、そうなの？　じゃあ、何て呼べばいいの」

「ユウで」

随分省略されたなあ。

彼の本名、鳴神雄作。二十五パーセントしか残ってないじゃん。

初夏の吉祥寺。ユウは途中の自動販売機でコーラのロング缶を買う。確かに暑いけれど、私はロング缶というものを飲みきれたことがない。若干の尊敬を抱きながら、ぐいと缶をあおるユウを見つめる。

「で……猿倉の話って何なの？」

「えーと。えーと。ユウに聞きたいことがあって」

どう切り出したらいいものか。私は悩む。

「聞きたいこと？　猿倉が俺に聞きたいって……」

「あ、私のことも名前で呼んでいいよ」

「名前。佳奈美だっけ」

「カナでいいって」

「……カナ」

「そうそう」

「で、何なのさ」

うう。できれば本題は、喫茶店に入ってからにしたかった。逃げられないようにしてから、話したかったのに。私は怒らないでね、の意を含んだ上目使いをしながら話し始める。

「あの、さ。ユウって……その、霊感あるんだって？」

ユウの眉間《みけん》に皺《しわ》が寄る。

またその話か、とでも言わんばかりの軽いため息。

「そういう話？」

「う、うん。私、オカルトとかそういうの、凄《すご》く興味あって」

ユウは飲み終えた缶をくしゃと握りつぶす。

「カナって、霊感ないだろ」

「うん！」

私は元気よく答える。自慢にも何にもならないが、私は霊感ゼロだ。

「だろうねえ」

「一度でいいから霊を見てみたくて、いわくつきの家とか、心霊スポットとか探検したんだけど、これがなーんにも感じないんだ」

呆《あき》れ顔のユウ。

「でもどうしてもそういう世界のこと、知りたいの！　で、メイコに……あ、メイコって友達ね。隣のクラスの。メイコにユウが霊感あるって話聞いて、その……お話聞かせてもらえないかなあ……と……」

向けられる冷ややかな視線に、私の声は少しずつ小さくなる。

「見えないなら、それに越したことはないと思うよ」

ユウは缶をゴミ箱に持っていく。途中で投入口が「ビン」であることに気づくと手を戻し、周囲を見回して「カン」のゴミ箱を見つけ、そこに入れた。からんと軽い音がする。

「霊なんて見えても別にいいことないし……場合によっちゃ、困ったことにもなるし」

「や、やっぱりそうなんだ！　見えない方がいいものって、あるんだねっ！」

「いや、食いつくなよ……」

これが食いつかずにいられますか。ユウには本当に見えてるんだ。霊が見えてるんだ。凄い。本物だ。

「霊感のない人に、霊の話をするのって面倒なんだよな……」

ユウはぶつぶつと言っている。私は無視して聞く。

「ねえねえ、今もそのへんに霊っているの？」

「たくさんいるよ」

さらりとユウは答える。

「ほら、その電信柱のとことか」

ユウは私のすぐ横を指さす。思わずぴょんと飛び退《の》くが、改めてそこを見つめても何もいない。すすけた電柱の上で、ただ蟬《せみ》の声だけが響いていた。

「……どんな霊がいるの」

「うーん、若い男性」

「わかいだんせい」

私は無意味に復唱する。

「職場か自宅か、とにかくどこかに行こうとしている……けど、その目的地がどこにあるのかわからずに戸惑ってるみたいだ。数歩進んでは『どこへ向かえばいいんだっけ』と立ち止まるのを繰り返している」

ユウの言葉を聞きながら、私は想像する。道に迷って、途方に暮れている男性の霊。

「…………」

ユウはひとつ、息を吐く。

「家に帰りたいのかもしれないな」

「帰れないの？」

「霊はもう人間じゃない。肉体という形を失って、その思考も飛散していく。家に向かうという意思があっても、どうやって行けばいいのか、どこにあるのか、そもそも家とは何なのか……それがわからない。その情報が消えているから。プログラムが回廊にはまり込んだコンピュータのように、無為な行動を繰り返すだけになってしまう」

淡々と語るユウ。

「何だか、可哀想《かわいそう》だね」

家に帰りたいのに帰れない。どうすればいいのかもわからない。子供の頃、巨大なホームセンターで両親とはぐれた時の、あのどうしようもない不安を思い出して、私は震える。

「心は少しずつ作られる。なくなる時もまた、少しずつなんだ。仕方ない」

ああいう霊なんて、いくらでも見ている。そんな風にユウは無感動に言った。

「だけど悪い霊じゃない。あのままゆっくりと世界に『溶けて』いくだろう」

「そうなの？」

「うん。現に足は溶けている」

「溶けるって……」

ああ、そこからかとユウは頰《ほお》をかく。

「君には、自分の体が『こんな形だ』っていう感覚があるだろ？」

「え？　うん」

「その感覚が、霊体の形になるんだよ。肉体を持っていれば、霊体の形もそれと同じになる。でも、肉体がなくなったら？」

「感覚だけで形が作られる……？」

「そういうこと。で、この感覚ってのは結構曖昧《あいまい》でね。例えば目を閉じて、自分の姿をイメージしてみようとしたら難しいだろ？　顔や上半身、手くらいまでなら想像できても……足先だとか、髪の末端まで想像できるか？」

「む、むー……無理かも」

「うん。たいていの人は、あるところからイメージが曖昧になってしまうんだ。感覚がぼやけていく。それにつれて霊体の輪郭も曖昧になってしまう。僕はそれを『溶ける』と言ってるけど」

「あ、そうか！　だからお化けって足がないの？」

「まあ、足がないことが多いな。足は想像しづらい」

私の目はキラキラと輝いていただろう。

「す、凄い！　そんな理由だったんだ！」

「他にも、髪の端の方がぼんやり溶けたり、背中のあたりが溶けたりするのも多いよ。あとは手がどちらも右手になってる、なんてやつもいる。利き腕のイメージの方が強いからだと思う」

「なるほどね」

「たいていの霊は、死後時間がたつにつれてイメージが弱まっていって……やがて自分と世界との境界線がなくなってしまう。完全に『溶けて』しまうんだ。そうして、なくなる」

「ふうむ。ねえ、じゃあ足のある霊はいないってこと？」

「……いる」

ユウは少し眉間に皺を寄せる。

「へえ、いるんだ」

「いるにはいるが、少ない。そしてだいたい、面倒な霊だ。足をきちんとイメージできるようなやつは執着心が強いから厄介だ。生前、何度も何度も足の形を確認していたってことだから。こういうやつはなかなか『溶け』ない」

「危険な霊ってことね」

「そう」

「もし足のある霊が見えたら、近づかないようにするよ」

「それが賢明だな。それにもっと危険なのもいるよ」

「え？　しっぽがあるとか？」

「変形してるやつさ。例えば足の形に病的なコンプレックスを持っていると、霊体が本来の足とは違う形に変形してしまうんだ。肉体の現実を超えて、霊体の思念が具現化する」

「綺麗《きれい》な足になるの？」

ユウは顔をしかめる。

「ならない」

「どうなるの、どうなるの！」

「綺麗な足になりたいという考えは、必ずしも美しい足のイメージを意味しないんだ。多くが、理想的な足を持つ人間への嫉妬《しっと》、恨み、怒りを内包したイメージになる。ひどいものだよ。本来足があるべきところに、悪意そのものとしか表現しようがないモノが生えてるんだ……」

「ど、どんなの？」

「こうなると、『溶け』ずに変形を繰り返して、どんどん人ではないものに変わっていく。霊が見えるのが一番しんどいのは、そういう奴を見た時だな……ま、もう慣れたけど」

ユウは私の質問に、はっきりとは答えなかった。

「面白いなあ。そういう話、もっと聞かせてよ！」

「嫌だよ」

別に君を楽しませようとして話したわけじゃないんだけど。そんな感じにユウは渋い顔をする。

「ねえ、他には？　例えば取り憑《つ》いてくる悪霊とかと出会ったことある？」

「まあ、あるけど」

「ひゃー凄い！　悪霊退治とか、したことあるー？」

「現場に立ち会ったくらいなら……」

「その時のこと、詳しく教えて！」

「…………」

ユウは立ち止まり、不機嫌を隠そうとせずに押し黙った。

「あ……ごめん」

空気が変わったのを感じ、私は謝る。

「もうやめてくれよ」

ユウは言う。

「そんなテンションであれこれ聞かれても困るんだよ。霊は娯楽の対象じゃない。人の業《ごう》や、思いや、心の現れなんだ。怖がったり面白がってばかりで、そういうところに無関心な人間、俺は好きじゃない」

早口にまくしたて、言い終わると口をつぐむユウ。

私は反省して、下を向く。

「ご、ごめん。私……」

「そりゃ霊の話はいっぱいあるさ。でも、それは俺の人生と密接に関わってる。ただの面白話じゃねーんだ」

ユウは続ける。

「君だって、いきなりプライベートなことについて根ほり葉ほり聞かれたら嫌だろ？　そんな話、友達でもない奴に簡単には話さないよ。少しは礼儀をわきまえて欲しい」

「うん。わかった……」

「わかればいいけど」

再び歩き始めるユウ。私は素早く彼の前に回り込む。きょとんとするその顔を正面から見つめて言う。

「じゃあさじゃあさ、まずは私と友達になろうよ」

「え……」

ユウの鳶色《とびいろ》の瞳が私を見つめている。

「だ、ダメかな？」

「…………」

ユウは口をぽかんと開け、私をぼんやりと眺めて、呟《つぶや》いた。

「……変な奴」


「やったやったよっ」

私は喫茶店でメイコに報告する。

「何、そんなに喜んでんの。最初はここに連れてくるって話だったじゃない。逃げられちゃったんでしょ」

メイコは苦笑しながら茶髪をくるくると指で弄《もてあそ》ぶ。

「でも、友達になるって話にはオッケーもらったもんねー。一歩、前進だよ！」

私はガッツポーズをした。

「まあ確かに、引っ込み思案のカナにしては頑張ったんじゃないかな」

そうでしょそうでしょ。我ながらよくやったと思う。

「もう、緊張して顔汗がヤバかったもん」

「カナ、暑い暑い、暑苦しいよ」

どこから取り出したのか、メイコが扇子で煽《あお》いでくれる。

「でもメイコありがとね、ユウ……鳴神君が霊感あるなんて、知らなかったよ。高一からずっと同じクラスだったのに、びっくり」

「えー、有名じゃん。結構噂になってるよ。ま、なんにせよ話すきっかけ作れてよかったね」

「うんうん！　ほんの数分だったけど、凄い霊の話も聞いちゃったよ」

「そりゃおめでとう。霊と言えばさ、彼の兄貴ってのがまた凄いらしいよー」

「兄貴？」

「そ。鳴神君の兄貴、強い霊感の持ち主で、拝み屋もしてるんだって」

「なにそれ。すご」

「うちの姉貴が一ツ橋大学の社会学科なんだけどさ。彼の兄貴、そこの数学科なんだって。大学でも知る人ぞ知る、変人らしいよ」

「へえ、大学で……」

大学。まるで想像のつかない世界だなあ。

「そんで、さらに極秘情報。これも姉貴から聞いたんだけどさ。鳴神君の一族って、男子は必ず霊感を持って生まれてくるんだって。先祖代々」

思わず身を乗り出す。

「何それっ！　何か因縁のある家系的な？」

「そうみたい。本当かどうかは知らないけどー」

「うおおお、その家系入りてえっ」

「何言ってんの」

メイコが爆笑する。

「その兄貴って人にも会ってみたいなあー」

「ま、あたしもちょっと興味はあるかな」

「もっと霊の話聞きたいもん」

私が言うと、メイコは少し変な顔をする。

「ていうかカナ、霊とかそういうの大丈夫なんだっけ？」

ちっちっ。私は指を振る。

「ふふふ、実はこっそりハマってたのだよ」

「もっと苦手かと思ってた。怖がりだから」

「ま、まあ怖がりなのは事実なんだけどね」

確かに私はどちらかと言えば怖がりだ。でも、お化けに会いたいという気持ちの方が強い。

むしろ一度くらい、怖い目にあってみたいほどだ。

「ねーメイコ、どうしたら鳴神君、およびその兄貴と仲良くなれるかなあ」

私は甘えるようにテーブルに体を投げ出しながら言う。

「そんなの、知らないって。何度も一緒に帰ったりしてみれば？」

メイコは興味なさそうに携帯をいじっている。

「それはやるつもりだけどさあ」

「もしくは、何か霊的に危ないトラブルに巻き込んじゃうとか」

「え？」

「だから、本当に危険な悪霊とか見つけちゃえば、鳴神君も真剣に助けてくれるんじゃないの。ひょっとしたら彼の兄貴だって、乗り出してきてくれるかも」

おお。なるほど。

「その手があったか！」

私は立ち上がる。

「え？　冗談なんだけど……まさか本気で」

「いいアイデアだと思う、メイコ！」

「ちょっと待ってよ！　そんなのダメだって」

「いや、多少のリスクは覚悟の上だよ」

うんうんと一人で頷《うなず》きながら、私はこぶしを握り締める。若干引き気味のメイコが、まあ座れと促す。

ゆっくりと席につきながら、メイコに聞く。

「……でも、そんなに危険な悪霊なんて、どうやって見つけたらいいんだろう？」

「私が知るわけないでしょ……」

「なる……ユウ、一緒に帰ろっ」

私は今日もユウに声をかける。ユウは鞄に教科書をしまいながら、やや迷惑そうに「別にいいけど……」と答えた。クラス中から好奇の目を浴びつつ、私たちは一緒に教室を出る。

「君も飽きないなー」

「だって、霊のお話聞きたいもん」

ユウは品のいい黒い鞄を無造作に脇《わき》に挟むと、ふうんと口にする。

「でも霊の話は、俺が話してもいいって思うまでしないからね」

憎たらしいことを言う。しかし私はぐっとこらえ、笑顔で返す。

「いいよ。だって、友達だもん。話したいことだけ、楽しく話していこうよ」

ユウはちょっと私を見ると、また「変な奴」と呟いた。

「駒場ー、ファイト、ファイト」

駅へと向かう道。威勢のいい掛け声と共に、私たちの横を野球部が走っていく。この暑い中アンダーシャツを着て駆けずり回る男たち。土と汗の臭《にお》いが通り過ぎた。

「そういえばユウって、部活とか入ってないんだね」

「うん」

「どうして？　スポーツ得意そうなのに」

ユウは割と体格の良い方で、運動神経もなかなかだ。体育祭で陸上部に混じってリレーに出ていたのを覚えている。

「んー、嫌いじゃないけどな。でも俺、バイトしないといけないから」

「そうなんだ。何か買いたいものあるとか？」

「いや。生活費」

ぼそっと言うと、ユウはまた自動販売機の前で立ち止まった。

「飲む？」

硬貨をいくつか放り込んで、ユウは私の方を見る。

「え？　あ、えーと、じゃあ……フルーツオレ」

がしゃん。音と共にユウが屈《かが》み、取り出し口から飲料のパックをつかむと手渡してくれる。ひやりと心地いい冷気が私の手に広がった。

「ありがとう……」

「一応、友達としての儀式。今日、給料入ったからさ」

ユウは炭酸のロング缶を買うと、さっとプルトップを開けてごくごくと飲み始めた。私は何となく緊張しながら、透明なストローを銀色のフィルムに突き刺して吸い込む。優しい甘味が嬉《うれ》しい。

「生活費って。ユウ、家にお金入れてるの？」

「違うよ。俺、一人暮らしだから」

「え？　なんで？」

「んー。家出。実家にいたくなくてさ」

ユウはひょうひょうと言ってのける。高校二年生で一人暮らし？　バイトで生活費稼いでる？

「すごっ。オトナだね」

「何だよそれ」

ユウが白い歯を見せて笑った。

「駅前でスーパー寄っていい？　コメ、切れそうでさ」

「か、かまわんよ」

何だか変な言葉が出てしまう。

自炊してるんだ。凄いな。お父さんの家に住んで、お母さんのご飯を食べて好き勝手に生きている自分と比べると、ずっとオトナだ。素直に尊敬してしまう。

「でもさー、いいな。私も家出したいよ」

私は俯《うつむ》いて呟く。ユウが笑う。

「そういうリアクションって新鮮だな。だいたいみんな、家出って聞くとネガティブなイメージ持つのにさ」

「えーそう？　私、一人暮らしとかすっごくしてみたいなあ。自由で楽しそうだもん。親に不満があるわけじゃないけど、時々うっとうしいんだよね」

「だよなー。わかるわかる。俺もさ、家がカッチカチに堅くて。居心地悪いんだよ」

「へえ。ユウって実家どこなの？」

「実家は仙台、って言っても山深い田舎の方だけど」

「そこって妖怪《ようかい》いる？」

「お前、目を輝かせんなよ。そして話をそっち方面に持ってくなって」

「ご、ごめん」

「ま、自然は豊かだし、食べ物はうまい、素敵な所だよ。でも朝から晩まで数学漬けだったからなー、あんまりいい印象ないな」

ユウは短髪の頭をがりがりとかいた。

「数学漬け？」

「あ……うん。うち、じいちゃんが数学マニアでさ。孫にやたらと教えるんだよ。嫌だったなー、俺。ああいう理詰めの学問って苦手なんだよ」

「私も数字並んでるの見るだけで頭痛くなっちゃう」

「だろ？　宇宙人の言語かって感じ。しかもなまじ兄貴が数学大得意だったから、逆に俺のダメさが目立っちゃうんだよね。よく宿題サボってはノートにラクガキしてたな。懐かしい」

顎《あご》に手を当てて話すユウ。こないだよりもだいぶ、仲良くなれたのではないか。私はこっそりほくそ笑む。

「どんなラクガキ？」

ユウは私をちらりと見ると、ぼそっと呟く。

「……友達には見えないけど、俺に見えるもの。それをスケッチしてた」

それって。

「霊を描いてたってこと？　すっご！　ね、そのノート見せて、いいでしょ？」

　ユウが面倒くさそうに顔をしかめる。

「やだよ。子供の頃の絵なんて、恥ずかしいじゃん」

「うわ、器ちいさっ」

「何つー言いぐさだよ。その話をするには、まだまだ俺とカナの間には友情が足りないってことにしとくわ」

　ユウは嫌らしくニヤッと笑う。くそう。

　私にとって楽しい話になりかけると、すぐにこれだ。

　むうと頰を膨らませた私にユウは笑って言う。

「ま、ゆっくり仲良くなればいいじゃない。卒業するまでに間に合うといいな」

　この野郎。楽しんでやがるな。私の霊に対する純情を弄ぶとは、何たる小悪魔。

「じゃあ、一つ教えて欲しいんだけど」

　私は少し強い口調で言う。

「何？」

「危険な悪霊と出会いたいの。どうやったら、会えるの？」

　君なら知ってるでしょ。半ばキレ気味に、超直球で聞いてみる。聞いたら実行してやる。

ユウ、お前を巻き込んでやるぞ。そして面白い話を聞くんだ。

じろりと睨《にら》みつける私に、ユウは立ち止まると、意外にも真剣な顔で答えた。

「おい、よせ」

「……え？」

「そんなこと言ってると」

じりじりと日光がアスファルトを焦がす中、すうと、どこかから冷たい風が吹いたように思えた。

「引き寄せちまうぞ。本当に」

ユウの瞳は、どこまでも澄んでいた。


「もうすぐ夏休みだね」

今日は休日だ。

太陽はぎらぎらと輝き、蟬は暑苦しいほどに鳴いている。

私とメイコは二人でジェラート屋の列に並んでいた。

「来年は受験で遊ぶ暇ないって考えると、今年が高校最後の遊べる夏休みかあ」

メイコがミルキーストロベリーをミルク多めで注文しつつ、言う。

「そうだねえ。今年はどこか、行きたいね」

「ちょっとカナ。それやめなさいって」

「え？」

「その、タンクトップの胸元つまんでばさばさ煽ぐの。うら若き乙女の胸が全開だよ。はしたない」

「別にいいじゃん。減るもんじゃないし。メイコだって、何なの。その短いシャツ。おへそまる出し。純潔の名が泣くよ」

先に注文していたクリームマンゴーが出てきた。私がそれを受け取るのを羨《うらや》ましそうに見ながら、メイコが口を開く。

「んー、まあ……。お互い暑いから仕方ないか」

「うん……暑いから仕方ないね」

無意味な会話を続けながら私たちはそれぞれのジェラートを舐《な》める。

「鳴神君攻略、頑張ってるみたいね」

「うん。もう二週間くらい一緒に帰ってるからね。だいぶ仲良くなったよ」

ジェラートは食べるより速く溶けていく。コーンの底からにじみ始めた甘い液を、お下品に舐めるか、広い心で蟻《あり》に与えるか悩みながら私は続ける。

「でも、なかなか霊の話は教えてくれないんだ」

「まあ彼、あんまりそういう話、したくなさそうだよね」

メイコは空になったカップを寂しそうに眺めながら、スプーンを軽くくわえる。

「ああ……早くお化けの話聞きたい」

しみじみと言う私を見て、メイコは笑う。

「そんなに霊の話に興味あるんだ。じゃあさあ、鳴神兄貴の方にアプローチしてみたら？」

「……え？　会えるの？」

私の問いに、メイコは頷く。

「鳴神君の兄貴、一ツ橋大学の心霊現象研究会なんだって。で、休日だろうと平日だろうと、部室に入り浸ってるらしいよ。何でも心霊現象の相談とかで、中学生が来ることもあるみたい」

「それ、メイコのお姉ちゃん情報？」

「そ。感謝してよね、カナのためにわざわざ聞いておいてあげたんだから」

「メイコ……」

「その、うるうるしながら私を見つめるのやめて。気持ち悪いから」

メイコは苦笑する。

「そうと決まればすぐにでも行こうよ！」

「仕方ないなあ。親友の頼みとあらば、付き合ってあげるかな」

やれやれというジェスチャーをするメイコの腕を私はつかみ、駅へと歩き出した。


一ツ橋大学は私たちの住む吉祥寺から電車で二十分ほど離れた街にある。電車を降り、三角屋根の駅舎からまっすぐに大学通りを歩く。綺麗な並木道を進んでいくと、キャンパスの入口が見えてきた。

正門は開け放たれている。

警備室のようなものが併設されているが、中で座っているおじさんには、私たちを警戒するようなそぶりはない。

「ねえメイコ。これ、勝手に入っていいのかな」

「どうなんだろう……」

きょろきょろと周囲を見回している私たちの前を、犬を連れたおじさんが敷地内へと歩いていく。

「いいんじゃないの」

「うん」

　私たちは頷き合うと、ゆっくりと門を通り抜けた。

　木々が多く、たくさんの緑に囲まれている。中央には噴水のある池があり、ベンチが置かれていた。ところどころでスケッチブックを広げて写生をしている女の人が目につく。

「ねえメイコ」

「ん？」

「ここ、大学？」

「たぶん」

「公園の間違いじゃないよね」

「私も自信なくなってきた」

　あたりの雰囲気はのどかで、柔らかなそよ風に紛れて蟬の音が流れてくる。さんさんと降り注ぐ陽光は常緑樹にさえぎられ、木漏れ日《こもれび》が水面《みなも》をきらきらと泳いでいる。

「あ、でも建物がある」

　言われて目をやると、木々の先にレンガ作りの建造物が見えた。穏やかな風景に見事に溶け込んでいる。中でおばあさんが、静かに編み物でもしていそうな雰囲気だ。そのデザインに、学問の最先端という印象は感じられない。むしろ明治時代の文化遺産と言われた方が納得できそうだ。

「行ってみよう」

　私たちは建物に向かって歩く。近づいてみると意外と大きく、うちの学校の体育館くらいのサイズはあった。

「ここは……図書館だって」

「ふうん」

　私は中を覗《のぞ》き込む。自動ドアの奥、シックな印象の室内に、本を持って歩くメガネの男性の姿が見えた。

「部室棟はどこにあるんだろう」

「カナ、この地図見て。運動部の部室棟と、文化部の部室棟は違うみたいだよ」

「心霊現象研究会って、文化部だよね？」

「うん。だから、たぶん……」

すい。

　私たちの横で風が吹いた。

　そちらを向くと、一人の女性が立っていた。

「心霊現象研究会に行きたいんですか」

　風鈴のような声でその人は言う。

女性は白いワンピースを着て、麦わら帽子をかぶっていた。年齢は私たちより少し上くらいに見える。大学の人だろうか。わずかな風に、赤みがかった焦げ茶のロングヘアーが揺れている。瞳の色は髪と同じで、肌は抜けるように白い。全体的に色素が薄いらしい。

「心霊現象研究会なら、部室棟に行ってもダメですよ」

その人の独特なたたずまいに、私は声が出せずにいた。夏の透明な空気からふっと湧《わ》いて出たような静けさがある。

「は、はい。どこに行けばいいんですか」

メイコが聞く。

女性はどこに焦点を合わせているのかわからない目のまま口を開いた。

「よければ案内しましょうか」

「いいんですか？」

「はい。私も部室に行こうと思ってましたので」

「え？」

「あ、私、副会長の夏田チサトと言います」

チサトさんは、ほとんど無表情のまま、ぺこりと頭を下げた。

「部室は、数学科研究棟にあるんです」

私たちはチサトさんに連れられて、キャンパスをさらに奥へと歩いていく。

「この大学、結構奥に広いんですね」

「ええ」

図書館のところからすでに二百メートルくらいは歩いただろうか。そして、緑の密度も凄い。どんどん木々が増え、まるで森の中を進んでいるようだ。一応細いアスファルトの道が通っているが、飛び出している茂みにところどころ覆われてしまっている。

「お……」

私たちの前にさっと動物が飛び出て、一瞥《いちべつ》をくれて立ち去っていく。猫かと思ったが顔が微妙に違った。柔和な印象だが、鋭い知性を秘めた瞳。

「……メイコ、見た？」

「見た」

「あれ、猫じゃないよね」

「……タヌキ、かな」

「タヌキですね」

チサトさんが事もなげに言う。

「大学にタヌキって、いるもんなんですか」

「この大学にはいっぱいいますよ。他にもカラスや、イタチ、ネズミ、ムササビ……」

「そんなに？」

「たぶん、人間よりも動物の方が多いと思います」

チサトさんは微笑《ほほえ》む。

「すげー。でも、私小動物とか好きだから、いいかも」

私は言う。すると、チサトさんが乗ってきた。

「私も小動物大好きなんです。可愛《かわい》いですよね」

「そうなんですね！」

「あ……そうだ。いいもの、見せてあげましょうか？」

そう言うとチサトさんは、持っていた鞄から小さな袋を取り出した。中には透明な円柱状の容器があり、その中に何かきらきらと輝くものが入っている。

「何ですか、これ」

私とメイコは覗き込む。

それは今まで見たことのない形をしていた。中心にオレンジ色の球体があり、その周囲を透明な蜂《はち》の巣のようなものが覆っている。自ら光っているのではなく、その蜂の巣状のものが光を反射しているようだ。どこか神秘的でもあり、少しグロテスクにも思えた。

「綺麗でしょう。私の好きな小動物の卵なんです。さっき、見つけたんですよ。部室で育てようと思って」

「小動物？　リスとか……ですか？」

「カナ、リスは卵産まないんじゃない」

考え込む私たちを見てチサトさんは笑う。

「ヤマビルです」

私たちは息を呑《の》む。

ヤマビル。ヒルの一種だろう。

好きな小動物がヤマビルって。

さすが心霊現象研究会。一風変わった人物が部員のようだ。私とメイコは顔を見合わせ、頷き合った。


数学科研究棟は、古く小さなルネサンス様式の建物だった。側面にはつたが絡みついているのに加え、周囲の樹木が日差しを遮っていて薄暗い。一見すると廃墟《はいきょ》のようにも思える。入口のそばに自転車が数台置かれているのと、何かセキュリティ用の機器らしい赤い光が灯っていることで何とか体面を保っている。

「ここの二階なんです」

背筋をすらりと伸ばし、優雅に階段を上っていくチサトさん。この人が実は亡霊で、私たちは危険な場所に導かれているとしたらどうしよう。そんなことを考えてドキドキしてしまうくらい、怪しげな空間だった。

「暗くてごめんなさいね。今日は授業がお休みだから、照明が一部落とされてるんです」

「いえいえ！　すみません！」

私は焦って答える。

「何謝ってんのさ、カナ」

小声でメイコが言う。私もささやくように返す。

「私だってわかんないよ」

屋内に人の気配はない。足音の響く廊下を歩き、チサトさんは一つの扉の前で止まった。

扉には「西村研究室（数理論）」と書いてある。ここのどこが心霊現象研究会なのか？

質問するより早く、チサトさんが扉をノックする。

「はいはい」

しばらくして、扉が内側から開かれ、男性が現れた。

「また麦わら帽子？　いい年してそんなのつけてると、怪しまれるよ」

チサトさんにそう言って笑うメガネの人物。すぐにピンとくる。彼が、ユウのお兄さんだ。

「いいじゃない。好きなんだもん」

「あれ……後ろの人たちは？」

端正な造作、優しそうな目元がユウとそっくりだ。ユウほどではないが、背も高い。しかし体格の引き締まったユウとは違い、お兄さんは瘦《や》せていた。さらに色白で、髪の毛がぼさぼさである。典型的な文化系男子という感じ。

「心霊現象研究会を探してたから、連れてきたの。あなたのお客さんじゃない？」

「そうかそうか」

お兄さんは柔らかく微笑むと、扉を大きく開いて手で示す。

「どうぞ、中へ」


室内には黒に近い茶色の机と本棚が並んでいて、その中にも上にも本がぎっしりと置かれている。鹿鳴館《ろくめいかん》を思わせる気品のある照明に、上品な細い窓。パソコンなど電子機器のたぐいはなく、机にはつけペンと羽箒《はねぼうき》がひと揃《そろ》い、置かれている。文明開化の時代のまま時間が止まっているような部屋だ。

ユウのお兄さんは私たちを木製の椅子に座らせると、奥の部屋に向かって声をかける。

「チサト、お客さんにお茶かコーヒーを入れてもらえるかな」

「うん。あ……卵、置いてからでもいい？」

「いいけれど。何の卵？」

「ヤマビル」

「へえ。そんなのが構内にいるとはね」

お兄さんはさほど驚いた様子もなく、シャツの襟《えり》を直しながら私たちに笑いかけた。

「ごめんね、散らかってて。暑い？」

「あ、大丈夫です！」

私は緊張しながら答える。この部屋は風がよく通るようだ。いくつかある窓から空気が入り、思ったほど暑くは感じない。

「よかった。あ、僕は鳴神佐久《さく》。心霊現象研究会の会長……ってことになってます」

佐久さんは手近なメモ用紙に漢字を書いてみせる。

「これで、サクと読むんだ」

「珍しい名前ですね」

「僕の家では、名前のどこかにサクとつけるのが決まりらしくてね。だからと言って、サクだけで名前にしなくても良かったろうにと思うけれど」

　佐久さんは微笑む。

「ああ、だからユウも雄作って名前なんですね」

「雄作を知ってるのかい？　そうだよ。みんなサクがつく。女でもサクがつく。うちのばあちゃんは、桜という名前だ。彼女は分家の生まれで、じいちゃんの柵之助とは、いとこ同士での結婚らしい。あだ名がみんなサクになっちゃうね」

「お待たせ」

　チサトさんがお盆を持ってやってくる。奥の部屋は給湯室のようだ。湯呑《ゆのみ》を一つ受け取りながら、佐久さんが言う。

「まさかヤマビルの卵、入ってないだろうね」

「入ってないよ」

　チサトさんが答える。思わず私も、受け取った湯呑の中を覗き込んで確認する。

「ヤマビルの食い物は、動物の血液だ。体に吸い付いて、血液を吸う。僕も吸われたことがあるが、何とも奇妙で不快なものだ。いつのまにかくっついていて、はがした後でも出血がなかなか止まらない」

　佐久さんは独り言のように呟く。

「そんなヤマビルは一生のうち、多くて八回ほどしか食事をしないんだ」

私は佐久さんの瞳を見つめる。ユウと同じ鳶色の瞳は、ユウとは異なりどこか妖《あや》しくきらめいているような気がした。

「僕たちが一生に八回しか食事できないとしたらどうだろうね？　その一回の食事に、どれだけの価値があるだろう。あの時僕の血を吸ったヤマビルは、その一回に僕を選んだ。僕と、ヤマビルは出会ったんだ。運命的だよ。僕とヤマビルの人生が束《つか》の間《ま》交差して、また離れていく……」

「佐久。お客さん、引いちゃうよ」

チサトさんに言われて佐久さんは我に返ったように私たちを見た。

「ああ、ごめん。時々何を話しているのか、自分でもわからなくなるんだ」

私たちにすっとその目の焦点を合わせると、佐久さんは笑った。

「ここに来たってことは、この心霊現象研究会の噂……というか、僕の評判を知って来たんだろうね。で、心霊現象研究会に……どんな御用かな？」

チサトさんは全員分のお茶を机に置くと、少し離れた席に腰を下ろした。その顔はこちらに向けられている。

「お祓《はら》いも、呪《のろ》いも、鑑定も、何でもやるよ。まずは話を聞いてからだけど。何か恐ろしい悪霊に悩まされたり、しているのかい？」

　メイコが私を見る。

　私は口を開いた。

「逆です」

「逆？」

「何か恐ろしい悪霊に、会ってみたいんですが、どうしても会えないんです」

　佐久さんが口角を上げた。

「別に自分から会いに行くことはないと思うけれど」

　ぼそりと言うチサトさんを手で制し、佐久さんは私を見据えて口を開く。

「一つ聞いていいかな」

「はい」

「君、霊感はある？」

「ないです」

「だろうね」

　このやり取り、そういえばユウともしたな。そんなことを思う。

「霊感がない君が……要は、霊の存在を確かめられない君が、どうして霊の存在を信じているのかな？」

うっと詰まる。

どうしてだろう。

霊の話が世の中にあるから。見たことがあるという人がいて、そういう本が出ていて、たまにテレビでもやっているから。いや、それは理由にならないか。それが理由で信じる人もいれば、信じない人もいる。私はどうして、霊の存在を信じているのだろう？

「正三角形は存在しない」

考え込む私に、佐久さんはぼそっと告げる。

「はい？」

「……って、わかるかな？」

「いえ、意味がよくわかりません」

「正確な正三角形って、この世に存在させることができないんだ」

「？」

佐久さんは近くの紙を取ると、そこに鉛筆で適当に三角形を書き、私に見せた。

「これは、できるだけ正三角形になるように心がけて書いたものだけど……もちろん、厳密な正三角形ではない」

「そうですね。せめて定規は使わないと」

「定規を使えば正三角形になるのかな？　そうはいかないよ。かすかな鉛筆の先端の炭素の偏りは、定規では補正しきれない。それに定規は人間の日常生活で使う分には問題ない程度には正確だが、それでも電子顕微鏡で観察した時に巨大な誤差が出る程度には不正確だ」

「え……？」

「もっと言おうか。そもそも、数学上の定義では、線分には面積がなく、点には長さがないんだ。等しい長さの三本の線分と、三つの点で構成される図形が正三角形だ。しかし人間の鉛筆ではそんなものを描けない。どんなに細い線を引いたってそこには微細な幅が生じてしまう」

「線には幅がないって……そりゃ定義上はそうかもしれませんが、そんな線、人間の目で認識できるんですか？」

「できない」

　しれっと答える佐久さん。

「えええええええ……」

「正三角形は、人間の技術では図示もできないし、仮に存在しても認識できない。にもかかわらず、僕たちは正三角形が存在すると知っている。小学生はその存在を学び、大人は子供にそれを教える。その前提であらゆるデザインは生み出され、学問も進歩していく」

「…………」

佐久さんが何を言いたいのかわからず、私はその目を見つめる。

「正三角形は世界には存在しない。僕たちの脳の中にだけ存在するんだよ」

佐久さんは目を閉じて、メガネの位置を直した。

「正三角形だけじゃない。直角二等辺三角形も、平行四辺形も、円も、球も、すべてがそうだ。仮に完全な球を平面上に置いたとしたら、その接地面積は理論上ゼロになる。確かに接地していようと、ゼロだ。接点は面積を持たないのでね。どうだい、現実と理論は乖離《かいり》していることがわかるだろう。僕たちの脳は、現実を認識しているが……正確には、現実と重なり合う別の世界を見ているにすぎない。それが、僕たちだ」

ぺらぺらと、佐久さんはよどみなく話す。

「霊もまた、正三角形と同じなんだ。僕たちの脳の中にだけ存在する。存在を実証することはできない。図示することもできない。しかし……確かに存在する現象と言っていいだろう。僕たちは霊という単語を理解し、ある程度の共通認識を持つのだから。霊が存在しないと主張するのは、正三角形が存在しないと主張するのに等しい行為ということになる」

確かに存在する現象。

その言葉がずしりと、私の中に落ちていく。佐久さんが早口で述べたことが全部理解できたわけではない。それでも、何か底知れないものを感じた。

メイコも同じなのだろう。横でごくりと唾《つば》を飲む音が聞こえた。

「いいかい？　僕が言いたいのは、霊は超常現象でもなんでもないってことなんだ。正三角形と同じ程度には、論理的に説明がつけられることなんだよ。正三角形を扱う幾何学という学問があるように、霊を扱う学問もまた存在する。体系立った、法則と秩序のもとに、霊の世界は存在しているんだ」

佐久さんはどんどん早口になっていく。

何を言っているのか、もうよくわからない。

「つまり、僕に言わせれば霊に関するトラブルというのは一種の数学問題なんだ。思考パズルと言っていい。それが難問であればあるほど興奮するんだが、最近は大して悩ませてくれる問題がなくてさ、全く人をバカにした話だよ、僕は……」

おほん、おほん。

チサトさんがわざとらしく咳をすると、佐久さんはふと口を閉じ、自嘲《じちょう》した。

「失礼。また、話が逸《そ》れたようだね」

「いえ。大丈夫です」

「さてと。そういう意味では、今回のお題はなかなか難易度の高いパズルだ。霊感のない君が、霊を見たいと言う。これは論理的にほとんど不可能だね」

「ええ……そうなんですか」

私は少しがっかりする。

「そもそも、霊を見たり聞いたりできる能力……いわゆる霊感。これは、生まれつきのものがほとんどだと僕は思ってる」

佐久さんはメガネを外し、机の上に置いた。その視線が、急に鋭くなったような印象がある。

「僕のように生まれつき、霊が見えて見えて仕方ない人間もいれば……」

佐久さんの目がきょろきょろと動いた。室内に何かが見えているのだろうか。

「君のように、何も見えない人間もいる……」

佐久さんの唇がぐいと曲がり、白い歯が少し覗く。

「君たち、絵を描く才能はあるかな？」

「ない……よね」

私とメイコは頷き合う。

「それは残念」

佐久さんはメガネをかけ直した。

「絵というのは、練習も必要だが、その要素の多くを才能が占めるだろう。才能ある人間が数秒で作ってしまうデッサンは、絵の描けない人間にはまるで魔法のように見えるものだ。どうして三次元の情報をそうも簡単に二次元に落とし込めるのか、とね」

「あ、それは思います。本当、不思議ですもん」

「そう。絵を描ける人間は、三次元の情報と、二次元の情報とが、重なって見えているんだ」

何だかややこしい話をし始めた。私は眉をひそめる。

「霊感もまた、同様の話なんだよ。僕たち、霊感のある人間には三次元の世界に、四次元の情報が重なって見えるんだ。君たちにはその感覚がない。三次元のルールでは説明のつかない現象……特定のセンスによってのみ捉《とら》えることができる、四次元以上の存在。それが霊というわけだ」

「見えるのが、才能ってことですか」

「そう。この才能があることが良いのか悪いのか、その議論はやめておこう。重要なのは、この感覚を共有するのが難しいという点だ。絵が描ける人間の感覚を、描けない人間が理解するのが難しいように」

「要するに、私が霊と出会うのは無理ってことですよね？」

私は言う。難しく言い直しているけれど、要は不可能って話じゃないか。心霊現象研究会なんて言っても、大したことないじゃない。

「かなり難しい」

「でも、私は霊に会ってみたいんです！」

「会ってどうする？」

「それは……」

私は言葉に詰まる。

正直、何も考えていなかった。会ってみれば何かとても面白いことがあるような気がして、ただそれだけで……。

そんな私を見て、佐久さんは少し笑った。自分の奥を見透かされているようで怖くなり、私は目を逸らす。

「そうだねえ」

こめかみの近くに指を当て、佐久さんは目を閉じた。

「実は、一つ手はあるんだ」

座り直しながら、佐久さんは言う。

「ちょっと、反則なやり方なんだけどね」

にこっと笑う。

「どんなやり方ですか？」

私は身を乗り出す。

「霊感のない人間でも、二つの条件を整えてやれば見えることがある。一つ、『自分と波長の合う霊を』。二つ、『呼んでやればいい』」

「……波長ですか？」

「そう。霊というのは、無数にいるんだよ。死んだ生命体の数だけ、そこら中にね。でも、実際には幽霊の団体さんなんて話、めったに聞かないだろう」

「そう言われてみれば、そうですね」

「それだけじゃない。例えば虫の霊を見たという話を聞いたことがあるかい？　大豆の霊は？　キノコやカビの霊が存在するかな？　黄色ブドウ球菌の霊は？」

私は呆れて口を開く。

「そんな霊いるんですか」

「いるよ。ただ、人間にはまず、見つけられない」

「それが波長……？」

「そう。波長が合わないと、霊は見えない。霊感の強い人間ほど、合わせられる波長の幅が広く、霊感が弱まるにつれて狭まっていく」

佐久さんはゆるく握った右手を顎の前あたりにゆっくりと上げ、また下ろした。説明する時の彼の癖らしい。

「日本にある怪談……その真偽のほどは措《お》いておくとしても、題材となるのは日本人の霊がほとんどだよね。外人の霊は少ないはずだ。そして、霊の年代もまた近しい。せいぜい数百年昔の霊までしか目撃例がないいんじゃないかな。縄文時代の霊や、類人猿だった頃の霊というのは、皆無だ」

「確かに」

私は頬に手を当てて天井を見る。

類人猿の霊なんて聞いたこともない。

「それも全部、波長なんだ。生物学的分類、人種、時代、生活様式、習慣、常識……それらによって構成される何らかの根源的な性質を総合して『波長』と表現する。君の波長と、霊の波長が近くないと、見えない。その存在に気付けない。重なり合った霊の中から、波長の合うものだけを抜き出す感覚、それが霊感なのだから」

霊について、僕はすべてを知っているのだ。そんな態度で佐久さんは続ける。

「……あるんだ。君にぴったり合う波長の霊を、呼び寄せる方法が」

「そうなんですか？」

「その霊を呼ぶ。そして、霊に会いたいと願う。霊に会いたいと願うことで、さらに波長が同調されやすくなる。これなら君も、霊を見られるだろう……さほど難しい方法じゃない。そうだね、君は女性だし、向いているかもしれない」

佐久さんは人差し指を立てると、言った。

「その方法は『片化粧』と言う」


佐久さんの説明を聞き終わり、帰途についた時にはすっかり夕方になっていた。

私とメイコは来た道を歩く。蟬の声はミンミンゼミからヒグラシに変わり、昼間に熱された地面からはじわりと土の香りが匂《にお》い立っている。

「何か凄い人だったね」

メイコがぽつりと言った。私も無言で頷く。

鳴神という苗字だったし、霊感もあるようだった。ユウのお兄さんであることは間違いないのだろう。でも、ユウとは全然違うタイプの人間だった。

ユウはのんびりとしていて、世間話もできて、明るい。佐久さんは逆だ。何か危険な衝動をその奥に感じる。自分の話を延々とするし、どちらかと言えば陰気だ。

「私、姉貴に聞いた話思い出したわ」

「何？」

「心霊現象研究会の話。ってか、何で忘れてたんだろ。ゴメン。本当は一ツ橋大学に、心霊現象研究会なんて存在しないんだって」

「どういうこと？」

「あの西村研究室ってとこ、あったでしょ？　佐久さんって、西村ゼミの学生なんだって。あ、ゼミってのは……西村教授と、学生数人でやる授業単位みたいなもの」

「うんうん」

「でも佐久さんが、あんまり数学ができすぎて。教授が研究してた問題も自分で解決しちゃうわ、何やらで。次第に学生も西村教授じゃなくて佐久さんに質問とかするようになっちゃって、教授が逃げ出したらしいの」

「え？　じゃ、研究室を乗っ取ったってこと？」

「そんな感じ。さすがに教授も出勤はしてくるけど、実質ゼミは佐久さんの独壇場。好きなことやって、好きな活動してて。その活動の中に、いわゆる悪霊祓いとか、心霊鑑定とかがあって……それで、いつの間にか学生から心霊現象研究会って呼ばれるようになったって話だよ」

「じゃあ、チサトさんとかは……」

「たぶん西村ゼミの学生」

「はあー」

凄い話だ。

学生なのに教授を追い出すほどの能力があるという話も、そこでオカルトの研究をしてるという話も、だいぶむちゃくちゃだ。

「っていうか……佐久さんって、何なの？」

私は言う。

「え？」

「だって、数学科の学生なんでしょ。なのにどうしてオカルトな相談話とか、乗ってるんだろう」

「うーん、それはわかんないけど……」

数学と心霊。理論で証明できるものと、できないもの。まるで対極に位置するものが、鳴神佐久の中には同居している。彼はどちらも論理的で、似たようなものだと言った。数学のパズルも、心霊のトラブルも、同じだと言ってのけた。彼の心の中がどうなっているのか、想像のしようもない。

「まあ、とにかく変な人だよね。カナ、見た？　あの人の目、何か危ない感じだったよ」

「そうだねー」

ゆっくりと歩く私たちの足元から、長い影が伸びていく。ふと振り返ると、遠くに見える数学科研究棟は、昼間よりも廃墟に見えた。

「ねえ、カナ」

「ん？」

「あれ、本当に試すつもり？　『片化粧』ってやつ」

「ん……考え中」

見ると、メイコは少し不安そうな顔をしていた。

「ちゃんと考えてからの方がいいかもよ。あの人、完全に本気だったもん。それに教えてもらった方法……あれって、よくある降霊術みたいなのとは、何か違う気がする」

「うーん。わかってるよ」

怖くなったのだろうか。赤い夕陽の下で、メイコは真剣な目をしていた。

「ね。やってみてもいいけどさ、何か変なことあったら、すぐ相談してよ。絶対だからね」

「うん」

私はメイコに笑顔を返す。

少し安心したらしい。メイコも笑った。

メイコの前では考えてみると言ったものの、私の心はノリノリだった。

緊張のあまり、佐久さんとはそんなに話すことができなかったが、凄く楽しい時間だった。

彼の話は初めて聞く内容だったし、室内に置かれている本も興味深いものが揃っていた。

「心霊数学概論」「怪奇現象資料集」「黒魔術総覧」「霊的視点からの地形図考察」などなど。

借りて一日中でも読んでいたくなるタイトルばかりだ。

もっと佐久さんと仲良くなりたいなあ。

いっぱい話、聞きたい。

今度はメイコ抜きで、研究室に行ってみようかな。

そんなことを考えながら、私は自室の棚をあさっている。参考書スペースの奥にしまっていたはずなんだけれど。

あ、あった。これだ。

プラスチックケースに入った化粧セットを見つけて、取り出す。一度お化粧を母に習ってからというもの、ほとんど使っていない。こんな形で役立つとは。

やるしかないでしょ。「片化粧」。

「片化粧という言葉は、現在は弔事の際の化粧マナーとして使われている。紅を使わない、薄い化粧のことだね」

佐久さんの説明を思い出しながら、私は化粧道具を机の上に並べていく。

「しかし、薄い化粧なら薄化粧という言葉でもいい。なぜ、片化粧という表現が広まったのか？　片という漢字には不完全という意味があり、それと化粧がくっついたという説もあるが……。僕はそれに異を唱えたい。この言葉の存在は、庶民が葬儀で化粧できるほど化粧文化が広がるより以前に……『片化粧』という呪術《じゅじゅつ》が存在していたことを意味するんだ」

クリーム、ファンデーション、チーク、マスカラ、アイライナー、ビューラー、口紅、グロス……。並べてみると、改めて思う。化粧の道具はなんてたくさんあるんだろう。

「古来、化粧とは呪術だった。それは自らの能力を高める魔術であり、他者を魅了する秘術であり、別の自分に変身する妖術だった。その一環として『片化粧』は生まれた。確かなことが言えるわけじゃないが、平安時代後期には技法として完成していたと推測できる」

佐久さんは必ずしも、完璧な化粧をする必要はないと言っていた。化粧したと自分で納得できること、その特別感が大事だとのこと。よし。普段化粧なんてしない私からすれば、これだけたくさんの道具を使うだけでも本当に「特別」な化粧だろう。

「『片化粧』という技法は、その言葉通り。片側、つまり顔の半分だけに化粧を施すことだ」

そう言った時の佐久さんの真面目くさった表情が忘れられない。それ、何かのギャグですかというメイコの突っ込みにも、佐久さんは真剣に返した。れっきとした呪術だと。

「いいかい。顔の半分だけに化粧をする……この行為そのものが、重要なんだ。ルールが一つある。『片化粧』は誰にも見られてはならない。人が寝静まった夜に、すべきだろう。静かに鏡と向かい合い、『片化粧』をする。完成したら、もう一度鏡を見る。化粧した側と、していない側を交互に……よく見つめて……しっかりと心に刻んだら、化粧を落とす」

それだけですかという私の質問に、佐久さんは頷いた。

メイコは「簡単なんですね」と笑っていたっけ。

確かに話をしている時は私も笑っていた。

けれど、こうして深夜に化粧をするとなると、何だか不思議な気分になる。

深夜二時。家族はみんな寝ている。私は一人鏡に向かっている。ドキドキしてきた。

化粧は、右半分側にしよう。

そう決めると、私はまずクリームを右側に塗る。眉の中央を通り、鼻を抜け、唇を割って線が伸びているイメージで、慎重にクリームを延ばしていく。

変な感じだ。すごく、すごく変な感じだ。

クリームを塗った後の少し冷たくて、肌がうっすらと守られている感覚が……片側だけにある。

鏡を見る。

見慣れた私の顔が、中心から二つに分かれているような気がしてきた。

これだけでも異様な気配を感じる。このまま続けていったら、どんな風になるのだろう。

次、ファンデーション。パフをつまみ、パウダーをすくって頰を撫《な》でる。どういう順番でつけるとノリがいいかなど、色々とコツを教わった気がするのだけど、ほとんど忘れてしまった。毎日使わないと覚えられないな。とりあえず目の上、小鼻、顎と耳……主要なところにつけて延ばしていく。

うん。これでいいよね。

片方の私が、いつもと同じ顔で鏡を覗いている。片方の私が、かすかな陶酔感を秘めて笑っている。

次、チーク。みるみるうちに頰がピンクに染まっていく。鏡に映る顔は、左右ではっきりと異なってきた。右半分だけ仮面をつけているよう。その薄い仮面は肌を覆い、私に自信を抱かせる。

「化粧は暗示なんだ。ただ外見的に美しくなるだけじゃない。自分が綺麗になったと信じ込むことによって、内面の魅力が増す。これは精神を鋭敏にする訓練のようなものでね。一般的に、女性の方が霊感が強いと言われているのを知っているかな？　これは体質的なものではなく、女性の方が経験値が高いという事実なんだ。日常的に、化粧をするからね」

佐久さんの話を思い出す。

次、ビューラー。母さんのホットビューラーで、まつ毛をつかむ。目のすぐ先に熱を感じながら、まつ毛を上向きに変えていく。

マスカラ。まつ毛が長く、黒く、美しく。

アイシャドー。せっかくだから、緑を使う。あまり選ばない色を試してみたい。

アイライン。アイライナーを少し動かすたびに、私の目が大きくなっていく。

鏡を見る。

ぎろり。

右半分、気合いの入った化粧をした女が、私を鏡の向こうから睨んだような気がした。同時に、左半分、素朴な顔をした女が、私を見て萎縮《いしゅく》したように見える。

私は一応、ここまでの手順をメモに残しておく。佐久さんが言っていたからだ。

「『片化粧』だけど、一度目の化粧手順をメモに取っておくといい。何回か繰り返して行うからね。二度目以降は、一度目の化粧を忠実に繰り返すこと。完全に同じというのは難しいけれど、できるだけ同一にと意識して」

使ったアイシャドーの色なども控えておく。よし。

さて、眉だ。

ペンシルで右眉をゆっくりと引いていく。左右のバランスを考えなくていいから、なんだか気が楽だ。……よし。うまくできているのか、よくわからない。左半分を手のひらで隠して確認する。雑誌に載っているギャルのような自分がいた。まあまあ、よいのではないか。

最後にグロスを唇の半分だけ塗る。

ふう。

一呼吸置いて、鏡を見る。

「なに……これ」

それは異様な姿だった。他人が見たら、その滑稽さに笑い出すかもしれない。しかし私は、その半分ずつ違う顔をした自分を見て、少し震えた。

顔を少し動かす。いつものように笑っても、左右が異なる表情をする。左はどこか恥ずかしそうに、右は自信たっぷりに。手を加えたのは顔だけなのに、まるで体が真っ二つに分かれているようだ。

これから何をするの？　これからどこへ行くの？

左はそろそろ眠いので、目覚ましをセットしてベッドへ。

右はこれから夜の街へ。男と一緒にお酒を飲むの。

二人の異なる人間が、私の中に同居している……。

どちらも私。

でも、私は一人。

どちらかの私が偽物。

偽物の私はどこから来た？

ここではないどこかから来た。

私ではないものが、私の中に……。

そこまで考えて、私はぷっと吹き出す。

そしてくっくっと笑った。何この顔。面白い。ちょっと恐ろしいと思ったけれど、やっぱり笑える。こんな方法で本当に霊を呼べるのかな？

きょろきょろと見回してみるけれど、お化けの気配はちっともない。静かに時計の秒針が動いているだけだ。うーん。霊、来てるんだろうか？　来てるのに、見えないだけ？　それとも来てない？

……夜中に何やってんのかな、私。

何だかおかしくなってもう一度笑う。

室内に私の笑い声だけが響いた。


その日、夢を見た。

部屋で勉強していると、誰かが扉をノックする夢だ。

こんこんという音に振り返る。母のノックの仕方ではない。誰だろうかと思って、椅子を回転させて扉の方を見る。もう一度ノックが響く。開けなくては。私が扉に近づいたところで、きいと扉が内側に開き始める。

向こう側にいる人の姿が少しずつ、少しずつ露《あら》わになっていく。

どうしてか私は俯いていて、その人の足元を見ている。

ハイヒールが見えた。白く細く長い脚が見えた。短めのスカートが見えた。くいとくびれた腰が見えた。

誰だろう。

知らない人だなあ。

私の視点は徐々に上がっていく。

美しい形の手と指が見えた。その爪は真っ赤に塗られている。

派手な格好してるんだね。扉は半分以上開き、その人からは私の全身が視界に入っているだろう。私もあと少し視線を上げれば相手の顔が見える。

私は顔を上げようとする。

どういうわけか意に反し、体が思うように動かない。まるでスローモーションのように私の首は動き、長い時間をかけて顔を上げていく。相手の腹のあたりが見え、ようやく胸が見えそうになった時……。

私は目覚め、ベッドの上で瞼《まぶた》をこすっていた。
二、三回首を傾《かし》げて今の夢について考えてみるも、すぐに興味を失ってしまった。夢だからわけがわからないのは当たり前だ。それよりも起きて、顔を洗って、着替えて、朝ご飯を食べないと。やることはいっぱいある。
私は一つあくびをして、ベッドから起き上がった。


「おっすー」

吉祥寺駅の改札前で、ユウは私を見るなり硬直した。

「……なんでいるんだよ。お前、電車通学じゃないだろ」

「え？　えへー」

スーツのサラリーマンが、私たちの横を通り抜けていく。

「えへじゃないって」

「来・ちゃ・った。うふ」

「妻か」

「いやいや、仲が進展しないからさあ。これからは朝も、一緒に学校まで行くことにしたほうがいいと思うんだよ」

「俺は別にそうは思わないけど」

「でも、ここから二人別々に学校行くのも難しいよ？　さあ、共に歩こうじゃないか」

「…………」

「なんで走り出すのっ！」

脱兎《だっと》のごとく駆け出すユウを、私は追う。速い。離されてなるものか。ロータリーを越えて、サンロードを抜ける。しめた、五日市街道の信号で止まってる！

「おー、意外と頑張るねー」

ぜえぜえと息を荒らげながら追いつく私を、ユウは半笑いで眺めていた。くそう。バカにしやがって。

「追い、ついた、よ」

はあ、はあ。たっぷり二百メートルは走ったか。疲れた。もう距離を離されないように、私はユウの袖《そで》をつかむ。

「あっ、この」

「逃がさないもん」

「まったく。ストーカーかよ」

ユウは苦笑する。その首筋で汗が光った。

「絶対に、仲良くなってみせるんだからね」

信号が青に変わる。

ユウは今度は走らず、私に合わせてゆっくりと歩き出した。

「それって俺と仲良くなりたいの？　お化けと仲良くなりたいの？」

「どっちもだよ！」

横断歩道の真ん中で、ユウが私を見る。

「それだけじゃないからね。私、ユウのお兄さんとも仲良くなるんだから。実はもう、ファーストコンタクトは済ませてるんだぜ。君の知らないところで私は色々と進めているのだよ。それもこれも、今後の楽しいオカルトライフのために……」

私もユウを見る。そして、口をつぐんだ。ユウは目を細め、私を注視している。透き通った瞳。長いまつ毛。どこを見ているのだろう。私を見ていながら、遠くを見ているようでもある。眼球の奥を覗き込んで、その先の何かを……。

怒ってるのかな？　お兄さんと勝手に会ったの、まずかったか？

「……何？」

ユウはしばらく黙り込んだままだったが、しばらくして目を逸らし、また歩き出した。

「いや」

「どしたの」

「何か、いる気がしただけ」

私たちの後ろで信号が赤に変わり、車が音を立てて走り出した。

何かがいる。

ユウがそう言うなら、本当に何かがいるのかもしれない。

きっと「片化粧」の効果が出てきてるんだ。一日やっただけで、ユウが何か違和感を見出《みいだ》した。もう数日やれば、私にも見えるようになるんじゃないか。

「えへへ」

私は期待でにやつきながら、今日も「片化粧」をする。二回目だけど、だいぶ慣れてきた。

手元のメモを見ながら、手順通りにメイクを進めていく。

　こないだ見た、不思議な顔が再び私の前に現れる。

　相変わらず変な感じはする。まるで自分のために化粧をしているのではなくて、誰かのための化粧を、指示通りに進めているような気分だ。

　きっとこの妙な感覚が、霊を呼び寄せるのに役立つのだろう。佐久さんも言っていた。

「『片化粧』すると、自分の意識がぶれるのを感じるはずだ。化粧した自分と、していない自分。同時に成立しないはずの自分が、重なり合って存在している。自我がその両者を行き来して、変な気分になる。これは喩《たと》えるなら、二つの人形があるのに操る側は一人しかいない、という状況なんだよ。するとどうなるか？　人間の心は、もう片方を操る存在を必要として……呼び寄せる。霊をね」

　佐久さんはよどみなく解説していた。

「自分の人格を操る存在を呼び寄せるんだ。必然、君が呼ぶ霊は自身と波長が合うものになる。自分にぴったりの貝殻が転がっていたら、ヤドカリは喜んで近づいてくるだろう？」

　私は佐久さんの話を思い出しながら、鏡の中の私を見る。

「霊は中に入ろうとして、やってくる。だが、その貝殻は完全な殻じゃない。君が『片化粧』を落としてしまえば、殻は消滅する。だから中には入らず、すぐそばを漂うことになるんだ。自分と波長が非常に近い霊が、そばをうろつく。……どうだい？　霊を見られる可能性が高いと思わないか？」

今、霊がそばに来ているのだろうか？

私は部屋の中を見回している。

それらしきものは見えない。目を閉じて耳を澄ましてみるが、変な音は何も聞こえない。私の心臓の音だけだ。

「この方法には注意点がある。一つ、身近な人間の死の直後には使えない。第二親等くらいの近親者だと、波長の有無にかかわらずひょっこり引き寄せてしまう可能性があるからね。もう一つ。『片化粧』をしたまま長時間ほうっておいてはならない。入った霊が出られなくなる。その代わり、確実に効果を出すために、何日か繰り返すという形を取る。わかるね」

はいはい、わかってますよ。

私はクレンジングオイルのビンを手に取る。まだ二日目だもん。早く効果が出るに越したことはないけれど、言いつけは守らないと。手早く化粧を落とす。

右側にだけ化粧をすると、左側が凄くさっぱりしているように感じる。けれど、化粧を落とした時は逆だ。落としきった右側がさっぱりして、左側が何か異物でも張り付いているかのように落ち着かない。変なの。半分に分かれてしまった私の顔、朝には右と左が同じ感覚で融合しているだろう。でも一体、いつぴったりくっつくのだろうか。

眠い。

私はあくびを一つして、霊がやってくるように祈りながらベッドにもぐり込んだ。

その日、夢を見た。

部屋で勉強していると、誰かが扉をノックする夢だ。

いつか見た夢に似ている。何度も同じ夢を見たような気もするし、初めて見るようにも思える。

こんこんという音に振り返る。母のノックの仕方ではない。誰だろうかと思って、椅子を回転させて扉の方を見る。もう一度ノックが響く。開けなくては。私が扉に近づいたところで、きいと扉が内側に開き始める。

扉の向こう側は漆黒の闇だった。廊下の陰影さえ暗黒に塗りつぶされていて、まるで部屋が宇宙空間の中に浮いているようだ。

ドキリとした。

その闇の向こうから、人の顔が覗いていた。

扉の影から半分だけ顔を出している。おでこから鼻を通り、唇を貫く直線で正確に右半分だけの顔。まるで夜に浮かぶ半月のよう。その肌は驚くほど白く、目は大きく、唇は紅い……化粧をしているのだ。

その顔を見つめたまま、私は硬直してしまった。

相手がどこを見ているのか、よくわからない。闇そのもののような瞳はどこにも焦点が合っていない。表情はなく、どこか茫然《ぼうぜん》としているようだ。しかし、なぜか私を強く意識しているように感じられた。

椅子をきいと鳴らすことすら憚《はばか》られる時間が続いた。

しかし、私は段々腹が立ってきた。

なんなんだよもう。そんなとこから顔だけ見せて、どうしたいんだ。用があるならさっさと言えって。ないならそこを閉めて、立ち去ってよ。私、勉強してるんだから。

じろりと睨みつける。顔は何の反応も示さない。

全く。

私は椅子から立ち上がる。そして部屋を横断して扉に近づくと、ドアノブをぐいとつかんだ。

「何なの？　あんた、誰？」

そう声を上げて、ドアノブを引っ張った。半開きの扉はあっという間に開ききる。そこにいる人間の全貌が見えるはずだった。

しかし、誰もいなかった。

さっきまで満ちていた闇が消え去ったかのように、そこにはいつもの廊下の景色が広がっている。部屋から進み出て周囲を窺《うかが》う。私の足元でかすかに床がきしむばかりで、人が慌てて逃げたような気配は感じられない。

私は首を傾げる。

変なの。気のせいかな。

まあいいや。

私はふうと息を吐き、勉強に戻ろうと部屋を向く。

そこで息を呑んだ。

あの顔がある。

扉の向こう、さっきまで電気がついていたはずの勉強部屋が真っ暗になっていた。その部屋の中で、半開きの扉の隙間《すきま》から、今度は左半分だけ顔が覗いているのだ。

やはり、半月のように。

おしろいと紅で綺麗によそおったその顔は、相変わらず茫然とした表情で、微動だにせずそこに存在していた。

私は動くことができず、ただその顔を見つめていた……。

目覚まし時計が鳴り、私は目覚める。

朝日の差し込んでいる窓と、自室の天井を眺める。

パジャマの中に手を差し込んでみると、汗をかいていた。何か変な夢を見たような気がするが、その記憶は押し寄せてくる現実の前にどんどん消え去っていってしまう。

「よーし。今日も元気出していってみよう！」

私は声を出して、勢いよく布団をはねのける。

こうして自分に気合いを入れないと、いつまでも布団の中で過ごしてしまうのだ。すぽんとパジャマから体を抜きとり、すぐさま制服を身に着ける。鞄をひっつかみ、鏡で寝癖をチェックして、私は階段を下りる。さわやかな朝を告げる、朝食の香りが漂ってきていた。


今朝も吉祥寺駅の改札口で待っていると、今度はユウの方から近づいてきた。

「おい」

「おっはよー！　ユウ、今日も夏だね！　暑苦しいねーっ！」

「暑苦しいのはお前だ」

ユウは呆れ声で言い、ため息をつくと、ずいと私の前に立った。

「あのさ」

「どしたの？」

目の前にユウの胸板がある。筋肉むきむきというタイプではないけれど、こうやって見るとやっぱり男らしい。細マッチョというやつか。目線を上げると、襟の間から汗ばんだ鎖骨が見え、その先に不機嫌そうなユウの顔があった。

「昨日偶然、知り合いから聞いたんだけど。カナ、俺の兄貴に会ったんだって？」

「え？　それ私言ったじゃん」

あれ、そうだっけとユウが首を傾げる。どうやら昨日は私の話をまともに聞いていなかったようだ。

「言ったよ言ったよー。それに、別に隠してたとかじゃないもん」

「そうだったか……悪い」

ユウは申し訳なさそうに頭をかく。

「でも、これだけは言っとくぞ。うちの兄貴にはあんまり近づかない方がいい」

「何そのヤクザみたいな台詞《せりふ》」

「茶化すなって。俺の兄貴、ちょっと変わってるんだよ。嫌な目にあうかもしれないぞ」

ユウが歩き出すので、私もついて歩く。まだ朝なのにお日様がまぶしい。今日も暑くなりそうだ。

「確かに変わったお兄さんだったかな。ユウとはちょっと違うタイプだよね。でも、私あの人好きだよ！　面白い話いっぱいしてくれたもん」

「まあ面白いっちゃ面白いけど……あいつといると、変な事件に巻き込まれるぞ」

「むしろそれを待ってるんだよー。ユウはなかなか霊の話してくれないし、お兄さんの方からも霊方面にアプローチしたくってさ」

「あのなー」

　ユウが立ち止まる。

「カナは全然わかってない。知ってるか？　兄貴はな、本物の拝み屋もやってるんだ。わかる？　拝み屋。口八丁で煙に巻くようなアマチュア霊能者じゃないぞ。完全なプロってわけ。で、性質《たち》が悪いところがあるんだ。あいつ、霊の世界を面白がってるんだよ」

「私も霊の世界に興味しんしんしんだけど」

「素人のカナが霊に好奇心を抱くのはまだわかる。でもな、霊の世界が見えて、知識も持ってる人間が、それでも霊を面白がるってのは常軌を逸してるんだよ。なんて喩えたらいいのかな……。そうだ、ミリタリーマニアっているじゃない。戦車とか銃とか好きな人たち。そういう人が存在するのは理解できる。でも実際に戦場に飛び込んでって、銃弾が飛び交い、死の危険も迫る中で、それでも面白がってる奴なんて想像できるか？」

「うーん、それはちょっと変かも……」

「だろ？」

ユウは鞄を背負い、腕時計を見る。そしてまた早足で歩き出す。

「そういうことだよ。あいつ、心霊については、スリルと快感を得る手段の一つとしか考えていない。目の前に現れた、一つの数学問題だと思ってやがるんだ。複雑な方程式や、困難な証明問題と全く同じものだと」

ユウは不快そうに言う。

「そんな……危険な人には、見えなかったけど」

「拝み屋としてお金ももらってるような人間が、単なるボランティアで心霊現象研究会なんてやると思うか？　持ち込まれる心霊の事件を解決？　そんなわけないよ。俺は、自分が楽しむために、好き勝手に事件を弄んでいるんだと思うね」

いつも穏やかなユウが、こんなにイラつきを表に出すのは初めてだ。

「弄ぶ？」

「少なくとも、あいつよりは俺に相談した方が安全だよ」

「……お兄さんと仲、悪いの？」

私の質問に虚を衝かれたのか、ユウは黙り込む。しばらくの間沈黙してから、口を開いた。

「どうだろう。仲は悪くないと思うけど」

「でも、ユウは家出したって言ってたよね。家の人と仲がいいなら、家出なんかしないかなあと思って」

「カナって普通の人が聞きにくいことも、ずけずけ聞くよな」

「だって気になるじゃん」

「俺が家出したのは、家族のせいじゃないよ。むしろ、俺の問題」

ユウは目を伏せる。

「ふうん……ユウ、無理してない？」

「無理？」

「何か、さみしそうだなと思って」

「そんなこと……ねーよ」

まばたきする私の前で、ユウは自分の手を見ていた。

「これでも今の生活、気に入ってるんだ。家族や家の力なしで……自分だけで何ができるのか、確かめられる感じがしてさ」

ぐっ。ユウは握りこぶしを作ってから、手をポケットに突っ込んだ。見つめていた私と目が合う。

「俺はね、生半可な覚悟で出てきたわけじゃない。出てきたからには、自分の足で立って、何かをつかむまでは帰らないつもりだ。盆にも正月にも、帰ってない。この間の、桜ばあちゃんの葬式だって、出てないいんだ。いや、桜ばあちゃんには悪いとは思ったけどさ……今の俺には、葬式に出る権利なんてないと思ったし……」

ユウはふと口をつぐむ。

「……って……」

途端に、その顔が真っ赤になる。

「……あ、朝から何語らせてんだよっ！　この！　恥ずかしいだろ！」

「ちょっと、ユウが勝手に語ったんでしょ！」

「違う！　カナがそういう雰囲気にするのが悪い！」

「人のせいにするなあー！」

私とユウはさんざん罵《のの》り合いながら、学校に向かった。

大遅刻だったのは言うまでもない。

その夜、私は自室でパソコンをいじっていた。

「鳴神、拝み屋……と」

その二つのワードでインターネット上を検索するが、それらしき情報は見つからない。

「鳴神、プロ、霊能者……ではどうだろ」

やはり同じ。

「ちぇ。ダメか」

私は独り言を漏らし、背もたれに深くよりかかる。

朝の会話から、ユウの一家……鳴神家が、ひょっとするとその世界ではかなり有名な一家なのではないかと推測し、探してみたのだが。ちっとも情報は出てこない。私が深読みしすぎたのか。それとも、本物の拝み屋の情報なんてインターネットには出てこないのか……。

「ううむ」

やっぱり、ユウにもっと深い話を聞いた方がいいか。朝、喧嘩《けんか》になってしまったから、若干聞きづらいけれど。

そうだ。

私は何となく「鳴神」「数学」の単語で検索を試みる。ひょっとしたら佐久さんの情報が見つかるかもしれない。大学生で論文も書いているらしいから……ネット上で研究者たちの話題になっていたりしないかな。どんな人なのかちょっとでも知りたい。そんな好奇心だった。

あれ。

さほど期待はしていなかったが、たくさんのページが見つかった。私はその中で最も人物説明っぽいサイトを選び、クリックする。

開いたページに、鳴神佐久の名前はなかった。代わりに「鳴神柵之助」という名前が大きく表示されている。私はページの文に目を通していく。

鳴神柵之助は、日本の数学者。故人。宮城県仙台市生まれ。

専門は整数論。主要な業績として、鳴神・寺田予想の提起、ローエンタール数の理論構築、およびリュック理論の部分的解決が知られる。数学賞の最高峰とされる、シャールズ賞を受賞。のち、紫綬褒章を受章した。日本の数学教育浸透に尽力し、その学問に対する厳しい姿勢から「数学の鬼」とあだ名される一方、学生からは慕われていたという。

そこには写真が一緒に掲載されていた。白黒で小さなその写真の中には、長身に立派な口ひげを蓄えた紳士が見える。写真が苦手なのだろうか、不機嫌そうに眉をひそめたその顔は、少しユウに似ているように思えた。

これがユウのおじいさんなのだろうか。

何となくユウにのしかかる重圧が理解できるような気がした。

その日も「片化粧」を終え、私はベッドに横たわる。

三日目ともなると慣れたもので、「片化粧」の違和感も何となく懐かしいものに受け止められる。その一方で、少し肩すかしのような気分もあった。なかなか霊なんて出てこないじゃない。

最初はドキドキしていたけれど、ちょっと期待しすぎたかな。佐久さんは自信たっぷりだったけれど、さすがに私がここまで霊感がないとは思わなかったのかも。

まあでも、明日こそ霊が出てきてくれるかもしれないし……。

そんなことを考えながら、枕の柔らかさを楽しむ。

そして、ゆっくりと眠りに落ちていく。

気がつけば、私は夢を見ていた。

部屋で勉強していると、誰かが扉をノックする夢だ。

ぞっとする。

この夢、間違いない。何度か見た覚えがある。

嫌な予感がする。何か、嫌な……。

こんこんという音に振り返る。母のノックの仕方ではない。誰だろうかと思って、椅子を回転させて扉の方を見る。もう一度ノックが響く。開けなくては。私が扉に近づいたところで、きいと扉が内側に開き始める。

　扉の向こう側は漆黒の闇だった。廊下の陰影さえ暗黒に塗りつぶされていて、まるで部屋が宇宙空間の中に浮いているようだ。

　その闇の中に、人の姿が見える。

　誰だかわからない。

　その人は体の左半身を扉で隠し、右半身だけを私に見せていた。

　顔、どこかで見たことがある。

　私だ。

　化粧した私だ。

　私が向こうにいる。無表情に、扉の向こうに立っている。

　私は少しほっとした。きっとあそこに鏡でもあるのだろう。それに私が映っているんだ。そういう夢なんだ。私は立ち上がり、扉の近くまで歩み寄る。

　あと三十センチほどでドアノブに手が届く、という時だった。私の足が止まる。そして一歩も動けなくなった。

　あれは私じゃない。

その私の顔をした何かは、赤いワンピースを着ていた。私、あんな服持っていない。だらりと下ろした腕と、細く長い手の指。赤く塗られた爪。私、マニキュアなんて塗ったことない。履いているのは赤いハイヒール。私、あんな靴持っていない。

思わず顔を上げると、それは私の顔をしていなかった。

私の顔にそっくりなのに、絶対に私の顔ではないと確信できるのだ。なぜかはわからない。私は混乱する。どういうことだ。何が起こってるんだろう。

相手は相変わらず何の感情も見せない。

一言も発さず、目線すら動かさない。

「誰だお前！」

私は絶叫する。

「誰だお前！　誰だお前！」

何の答えもない。

「誰だお前！　誰だお前！　誰だお前――ッ！」

声を限りに叫ぶ。

その時、相手が初めて反応を見せた。黒目がくりっと動き、上を向いた。表情は変わらないままである。数十秒そのまま停止したのち、今度はぐいと下を見た。首の角度や姿勢は変えず、瞳の動きだけで下を見た。

そのまま、また何十秒か経過する。

そして。

同じように眼球だけを動かし、私を見た。

そいつの口は全く動かなかったように思えた。それでも私は聞いた。頭の中に響きわたる声を。

「誰だお前」

私は凍りつく。

その瞬間、殺されると感じた。

理由はわからない。とにかく電光のように直感が駆け抜け、理解したのだ。私かそいつか、どちらかは存在できない。必ず死ななくてはならない。だから、自分が生きるためにはそいつを殺さなくてはならない。殺すのだ。何としても殺すのだ。殺される前に！　相手も、同じことを考えているから……。

殺せ。

目の前が真っ赤になった。

気がつくと、私は腕で布団をはね飛ばしていた。外からは雀《すずめ》の声。朝日は私の部屋を、本棚から机まで照らしている。いつもと同じ朝。

なのに、ちっとも目覚めたという実感がない。

いや、ずっと前から起きていたかのようだ。夢と現実が地続きのように、感覚も記憶も繋《つな》がっている。思わず扉の方を見る。あいつの姿はない。ただ、廊下の向こうから物音が聞こえてくるばかり。小さな金属音は、母さんが食事を作る音だろう。

平和な朝。

私とあいつは、どこで会ったんだろう？

間違いなく現実のどこかで会ったはずだ。なのに、振り返ると夢だとしか思えない。なぜだ。全身にはびっしりと汗をかいている。叫んだ時のまま、喉《のど》がひりひりとしている。

背中に冷たい汗が流れた。

あれは、ただの夢じゃない。

「片化粧」のせい……？

私、ずっと霊に会いたかったけれど。

霊が、来てるの？　思い通りになって嬉しいような……不安なような。何だか変な気持ち。

私……。

机の上に並んだ化粧道具が、なぜだかとても恐ろしく感じられて、私は目を逸らした。

「何だ？　今日は元気ないな。いつもはもっと無意味に暑苦しいのに」

改札前。私を見たユウは、開口一番そんなことを言う。

「暑苦しいは余計だよ」

私は俯く。

「おかげでいつもよりは涼しく感じて助かるなあ」

ユウは定期券を自動改札機にタッチし、通り抜けて私のそばに来る。

「猛暑記録更新中なのは私のせいじゃ……」

最後まで言い終わらぬうちに、ユウが私の肩をつかんだ。

「え？」

「カナ、何やった」

私を見るユウの目は真剣だった。指が肩に食い込む。

「何って」

「何やった」

「…………」

　ユウは厳しい表情をしていたが、そこに怒りは感じられない。私を心配するような、そんなまなざしだった。私は口を開く。

「佐久さんに教えてもらった、霊を呼ぶ術を……」

「降霊術？　それにしてはちょっと変だな……。それ、どんな術かわかるか？」

「『片化粧』っていうの」

「『片化粧』だって？」

　ユウの表情が曇る。そして、今度は明確に怒りの感情を顔に表した。

「あのバカ兄貴……」

　歯ぎしりをするユウ。何か問題のある術なのだろうか。私は言う。

「でも、まだ三回しかしてないよ。まだ霊も来てないと思うし。何も見てないもん」

「そうか？　何か変なことは起きてない？」

「うーん、ちょっと変な夢、見たくらいかな。何か夢と現実が繋がってるっていうか……」

「明晰夢《めいせきむ》か。お前、霊感はないかもしれないけど、ひょっとしたら霊媒の才能があるのかもな。とにかく、まずいぞそれ」

「メイセキム？」

「お前さ。『片化粧』が本当に霊を呼ぶだけの術だと思ってるのか？」

「え？　うん……」

「だから言ったんだ。兄貴に騙《だま》されたんだよ。まったく！」

　ユウは憤る。

「違うの？」

「全然違う。『片化粧』は霊を呼ぶ術なんかじゃない。霊を作り出す術なんだ。自分の中から強制的に霊を生み出す、呪術なんだよ！」

　ユウは叫ぶように言うと、今度は私の腕をつかんだ。

「え？」

「今すぐ兄貴のところに行くぞ」

「でも、学校が」

「こっちのほうが優先だ。ほらSuica《スイカ》出せ、Suica《スイカ》」

　ユウは出てきたばかりの改札口に向かい、私の袖を引っ張りながら歩き出す。やむをえず私もICカード乗車券を取り出して改札口を通った。

　電車は進み、学校からは遠ざかっていく。

　ユウは腕組みをして黙りこくっている。

　何がそんなに問題なのか、よくわからない。私は仕方なく車窓から景色を眺め、家々の屋根に忍者を走らせた。

「いらっしゃい」

叩き壊すほどの勢いで扉を開いたユウに、佐久さんは穏やかに笑いかけた。

「おい兄貴。俺が来た理由はわかってるだろ？」

佐久さんは首を傾げるが、ユウの後ろから出てきた私を見て、頷いた。

「二人は知り合い？」

「クラスメイトだ」

「ああ、そうなんだ」

佐久さんは机の前から立ち上がると、私たちをソファへと促す。

「まあ、座りなよ。チサト、お茶お願いできるかな」

「え……めんどくさい」

遠くで声がする。部屋の奥にはチサトさんもいるようだ。

「僕と、雄作と、カナちゃんで三人分よろしく」

「私の分はなし……？」

「外は暑かっただろうから、二人には冷たいものを。僕には白湯《さゆ》を頼むよ」

「……はい」

不満げなチサトさんの声を無視し、佐久さんは私たちと向き合って座り、もう一度にっこりと微笑んだ。

「僕はお腹《なか》が弱くてね。冷たいものはどうも受け付けない。混じり気のないお湯が一番美味《おい》しいんだ……で、要件は？」

「兄貴！」

ユウが身を乗り出す。

「怒るなよ。まずは問題の内容を確認するのが大事じゃないか」

「どうして『片化粧』なんてさせたんだよ。危険だとわかっててやらせたのか？　赤の他人だから、相手がどうなってもいいと考えてたんじゃないだろうな」

「僕は要望に応《こた》えただけだよ。霊感のない人間に、霊を見せる。これを実現するには、彼女から霊を呼び出すしかないだろう。論理的に考えてさ」

「ふざけるな！　見ろ、カナを」

ユウが私を指さす。

「半分、霊が出かかってる」

何のこと？　霊が出るとか、半分とか、何のこと？

「俺が気付かなかったら、カナはどうなっていたかわからない」

「大丈夫だよ。もし戻した方がいいものが出てきたら、元に戻せばいいだけじゃないか。それくらい、僕ならできる。出てきたものを戻せばプラスマイナスゼロなわけで、何の問題もない。その過程として、霊を確認できるという収穫が得られるわけだ」

「危険すぎるだろ。だいたい呪術を何も知らない素人をそそのかすなんて、拝み屋として失格じゃないのか」

「あの……何を言っているのかよくわからないんだけど」

私は小さく声を上げる。

「僕は拝み屋を生業《なりわい》にしているつもりはない。お金次第でそういった仕事も請け負うというだけでね。僕から持ちかけた話ではなく、あくまで要望に応えているだけだよ」

「そういう問題じゃないだろ。兄貴のやったことは、目が見えない人間に無理やり崖沿《がけ》いを歩かせたようなものじゃないか。俺たち目が見える人間は、そういうことをしてはならないんだよ」

二人とも全く私の話を聞いていない。くそう。

「それは君の勝手な理屈じゃないか。僕は、彼女にちゃんと説明をした上で、手段を教えたんだ。何の強制も、無理強いもしていない。彼女の自由意思で行ったことだ」

「違うだろ！　兄貴はカナに、『片化粧』を降霊術だと言ったそうじゃないか。大嘘ついておきながら、つまらない言い訳はよせよ！」

「あのう」

「嘘は言っていない。僕は、『霊を呼ぶ方法』と言っただけだ。その霊をどこから呼ぶのか、外部なのか内部なのか、それは言及しなかったがね」

「詐欺師の理屈だろうが！」

この兄弟。仲が悪いのもたいがいにせえよ。というか、ちゃんと説明しろ。

「ちょっと！　私、話についていけないんですけどおっ！」

我慢できなくなり、私は叫んだ。

自分でもびっくりするくらい大きな声が出た。佐久さんがすくみ、ユウが目を丸くする。

「ひゃっ」

声に驚いたらしい。

私の後ろで、変な声を出してチサトさんが転んだ。

あっと思う間もなく、お盆が宙に飛び、白湯とカルピスが床にぶちまけられた。

「『片化粧』は、自分の霊体を複数に分ける呪術なんだ」

私の横でユウが言う。

「そのへんを漂っている霊同様、君の肉体の中にも君という霊がいる。霊体は、原則的に君が死ぬまで肉体を離れない。その法則に逆らって、死ぬ前に、霊体を分離させることを目的とした技法なんだよ。自分の中に、ある程度霊体を残しつつ、自分の霊を外へ放出させるんだ。出てくる霊は自分そのものだから、波長はぴったり合う。霊と出会えるというわけだ」

私の前で佐久さんが言う。

二人の男性にかわるがわる解説されて、私は目をきょろきょろさせる。

「兄貴は肝心なところを言ってない。カナ、そもそも『片化粧』って、何に使う呪術だと思う？」

ユウがずいと身を乗り出して私を見る。相変わらず険しい表情だったが、その目には優しげな光がある。

「え？　えーと……」

私のように、オカルトに興味がある人が霊を見るため……なわけないか。

「他人を呪い殺すのに使うんだよ。呪い殺す……って？　どういうこと。思わず佐久さんの方を見るが、彼は薄笑いをしながら外を眺めている。

ユウの言葉に息を呑む。代償に、自分の命を削って」

「説明すると長くなるけれど」

　ユウは前置きをして、続ける。

「そも、霊というのは境界線が曖昧なものなんだよ。前に言ったろ？　普通の霊は次第に世界に『溶けていく』って」

　その話なら覚えている。

「うん。自分のイメージが曖昧になると、霊の形もぼやけてしまうって話でしょ」

「そう。自分という意識が霊の境界線になる。自我こそが霊の核であり、皮膚だ。逆に言えば、自我が揺らげば霊は変形する。例えば事故で、下半身をふっとばされた後に死んだとする。その霊には上半身しかない、なんてことになるわけだ。他にも、自分がいつも身に着けている日用品があったとしようか。ほとんど体の一部というくらいになじんだもの……そういうものがあると、霊もそれを身に着けている。物品が、自分というイメージの範疇《はんちゅう》になるんだ」

「だからメガネをつけた霊が存在しているのさ」

　佐久さんが口を挟む。

「そう。全裸の霊が、まず存在しないのも同じ理由。人間は服を着ているのが当たり前になっている。俺たちは死後も、同じイメージが捨てられない。現代の人間は、服も含めて、人間なんだ……ここまではいいね」

「う、うん」

私は頷く。急に詳しい霊の話が始まって、内心ドキドキする。

「『片化粧』は、自分に暗示をかける。化粧した自分と、しない自分。相反する二人の自分を同時に作り出すことで、自我を分裂させる」

「二重人格ってこと？」

「ちょっと違うけれど、そんな感じ。自我が二つになれば、霊も二つになる。三つになれば、三つだ。逆に……複数の霊が自我を一つにすれば、一つの霊になったりもする」

「霊って随分いい加減なのね」

「まあな」

「よくあるケースだよ。過去に飢饉《ききん》があった場所に、厄介な悪霊が出るなんて話があるだろう？　それは、大抵複数の自我が合体して生まれたものだ。『腹が減った』という感情のもとに複数の自我が合体し、強烈な怨念《おんねん》になる」

また、佐久さんが口を挟む。

「兄貴はちょっと、黙ってろ」

「はいはい」

「『片化粧』では、他人への怨念を唱えながら化粧をする。すると、分裂した自我が怨念をはらむ。通常、誰かを恨んでも、人間はすぐに復讐を実行に移したりはしない。それは、自制の念があるからだ。しかし分裂して二つになった自我は、自制の念では抑えきれないんだよ。結果、片方の自我が自制を振り切り、そのまま肉体をも振り切って分裂し、浮遊霊となる」

「教科書的な説明だね」

佐久さんの言葉を、ユウは無視する。その瞳は私だけを見つめていた。ユウの言葉は真剣で、そして詳細だった。霊について私が面白半分で聞いた時とは、全く違う。

私を本当に心配してくれているんだ。

ちゃんと説明して、わからせないと……危険だと考えているんだ。

「その浮遊霊は怨念のままに他人のもとへと飛翔《ひしょう》し、そいつの人生に干渉する。怨念の規模によってかかる時間は違うだろうが、やがては呪い殺すだろう。このやり方で作られた霊は、一度放てば二度と戻せない。呪いを行った本人にも、コントロールは不可能だ」

「そんな……」

「そして、自分も長くは生きられない。自我を分裂させるというのは、凄く負担のかかる行為なんだよ。不安定な状態になった精神が、その宿る肉体までも腐敗させる。見た目に大きな変化はなくても、その内部では確実に弱っていく。自分の寿命が半分……いや、三分の一くらいにはなるだろうな」

「…………」

「精神の病にかかった人間が早死にすることがあるだろ？　あれは、肉体的な疾患ばかりではなく、霊体が損傷しているケースもあるんだ。自我が不安定になるとはつまり、霊体が健康でないこと。それは肉体の健康とも密接に関係する。いたずらに自我を分裂させるなんて、やるべきじゃないんだよ。……俺が危険だって言った意味、わかったか？」

「……そうだったんだ……」

「待ってくれよ」

佐久さんが、今度は大きな声を出す。

「僕にも言い分はある」

「兄貴……」

ユウがじろりと睨みつける。が、佐久さんは少しもひるまない。

「僕は決してその子を傷つけようとして『片化粧』をさせたわけじゃない。なあ、僕が説明した『片化粧』の方法を言ってみてくれないか？」

佐久さんが私に促す。

「今更何を言うんだ、兄貴」

「いいから。さあ」

私はゆっくり思い出しながら、口にする。

「えーと。夜、誰にも見られない時に、顔の半分だけを化粧する。その手順をメモしておいて、毎日繰り返す……ですよね」

ユウが不思議そうな顔をする。

「呪言は？」

「ジュゴン？」

「怨念を意味する言葉を唱えながら行うはずだが」

「え？　そんなの初耳だけど……」

「呪言は僕がやらせなかったんだ」

佐久さんがすいとメガネの位置を直す。

「他者への怨念という何らかのベクトルがなければ、分裂した自我は飛んで行かない。そこに留《とど》まるはずだ。そうやって、その子が霊を無事見た後、僕が自我を戻してやるつもりだった」

「………」

佐久さんはにっこりと笑う。

「その子の自我を暗示で元に戻すくらい、僕なら簡単だからね」

「わかるだろう？　僕には彼女を傷つける意思など一切なかった。リスクは理解しつつ、彼女の希望を叶《かな》えるように最大限努力しただけだよ。それを勝手に早とちりしたのは……」

佐久さんは最後まで言えなかった。

ユウが勢いよく立ち上がると、佐久さんの顎を殴りつけたのだ。

座っていた木製の椅子ごと、佐久さんは床に投げ出される。その背中が本棚にぶつかり、いくつかの本が落ちた。

「ぐだぐだ言わずに、謝れよ！」

ユウが叫ぶ。

その剣幕に、私もチサトさんも硬直する。

「……何を謝れって言うのかな」

少し口の中を切ったらしい。舌をもぞもぞと動かしながら、佐久さん。

ユウは即座に言い放った。

「俺の大事な友達を、危険にさらしたのは事実だろ。それを謝れよ！」

私は思わずユウを見る。

大事な友達？　そう言った？

私……。

ユウの大事な友達だったんだ。

ユウは怒っている。友達のために、私のために怒っている。

ぶっきらぼうで、面倒くさがりで、私をからかってばかりいたユウが、私のために。

「ユウ……」

私が小さく呟いたのを聞いて、ユウが振り返る。

「ああ、怖がらせて悪いな。でもよ、こうしないとこのバカ兄貴、わからないみたいだから」

「……ごめん」

数秒の沈黙。

「……何でカナが謝るんだよ」

私は俯く。

「だって……私、ユウの忠告とか全然聞かなかったから……」

そうだよ。ユウはずっと私の味方だった。無闇に霊の世界に足を踏み込むなって言ってくれた。私を、思いやってくれていた。

「私が……霊感もないのに、霊がどうしても見たいって、強引に佐久さんにお願いしたんだよ。だから佐久さんは、悪くないんだ。うん……謝るなら、私だよ」

ユウは私を友達だって思ってくれていたのに。私はユウを心から信頼できていなかった。

本当の友達だと思ってなかった。これじゃただ霊の話がしたいっていうだけで、打算的に近づいただけじゃない。私……最悪だよ。

「もうしない。ごめんなさい」

私はぺこりと頭を下げる。

ユウは私を見つめ……困ったような、焦ったような妙な表情をした後、ふうと息を吐いた。

「まったく。世話かけやがって」

そして佐久さんの方に歩いていく。さっきの怒気は消え失せ、いつものユウに戻っている。

「ほら、立てよ……」

佐久さんの上に載っている本をどかし、手を貸す。

「それなりに痛かったんだけど」

顎をさする佐久さん。ユウは申し訳なさそうに頭《こうべ》を垂れる。

「悪かったよ、兄貴。熱くなりすぎた」

「君はいつもそうだよね」

「兄貴こそ殴られてまでヘラヘラ笑ってんじゃねーよ」

「僕はいつもこうさ」

佐久さんにつり込まれてか、ユウもふっと笑う。

この兄弟、仲が良いのか悪いのか、よくわからない。

「『片化粧』の効果は、まだ半分も現れていないから、特に解呪《かいじゅ》などは必要ないと思う。以後『片化粧』をしなければ、大丈夫。分裂しかけた自我は、やがて元通りになるはずだよ」

佐久さんが新しい白湯を口にしながら私に言う。

「確かだろうな、兄貴」

「確かだよ。君だって見てわかるだろ？」

そう言われ、ユウは私をまじまじと見る。私が少し照れくさくなってきたところで、ぼそりと呟いた。

「まあ、変な感じはしないな。というか朝よりも元に戻ってきてる」

「だろ」

この霊感兄弟の話すことは、よくわからない。が、確かに何か違うものが見えているらしい。私はほっと息をつく。寿命は縮まらずにすんだようだ。

「兄貴」

「ん？」

「今回のことは、これで終わり。解決ってことで、もう何も口は出さない」

「うん」

「だけど、次にカナが兄貴に霊的なことを相談したら……絶対に、俺にも話を通してくれ」

　佐久さんが露骨に面倒くさそうな顔をする。

　ユウは今度はこちらに向き直る。

「カナも同じだ。兄貴に話を聞いたりするのは構わない。でも、俺にも必ず報告しろ」

「えー。何その、保護者みたいな態度」

「あのなあ。危ないとこだったんだぞ、マジで。俺はお前を心配してやってんだ」

「……わかったよう」

　私は言う。今日ばかりは、ユウには逆らえない。

「君たちは仲がいいんだね。いいことだ」

　佐久さんが微笑む。

「あのう」

　それまで静かに図鑑を眺めていたチサトさんが、小さな声を出した。

「お二人は今日、学校はお休みなんですか？　もしよければ、時間も時間ですし、一緒にお食事でも……」

「うおっ！」

　ユウが叫ぶ。

「忘れてた！」

　私も言う。

「……え？　あの」

　困惑するチサトさんを無視し、時計を見る。時刻はすでに十二時を過ぎている。午前中の授業は全サボりだ。やばい。今から急げば、何とか五限には間に合うか。

「行くぞ、カナ！」

「待ってよ！」

　私とユウは慌ただしく荷物を引っつかみ、立ち上がる。

「サボりだったんですね……気を付けて帰ってください」

「またおいでよ。今度は暇な時にさ」

　チサトさんと佐久さんが、かわるがわる声をかけてくれる。

「ありがとうございます！」

　私が頭を下げている間に、ユウは扉を開けて飛び出していく。

「急いでいるなら今日は仕方ないけれど」

　佐久さんは私の目をじっと見て続ける。微笑んでいるが、その奥の光は鋭い。何を言いたいのだろう。

「君の近くに、何かいるような気がするんだよね。弟は気付いていないみたいだけど」

「えっ？」

どういうことですか。

そう言いかけたところで、ユウの大きな声が響く。

「カナ、早くしろよ！」

「う、うん！」

佐久さんは私に向かって手を振るばかりで、その続きを口にはしなかった。

私はユウと一緒に駅に向かって走る。

夏の太陽は南中を過ぎ、捨てられたペットボトルがきらきらと輝いていた。


鳴神佐久。

「片化粧」を通じて私が彼に感じた印象は、今までにないものだった。霊を恐れない霊能者。

いや、霊だけでない。彼は人も、霊も、何も恐れていなかった。

どんな深淵よりも、彼の目が一番濃く、底知れなかった。

ノート❷
一つ目小僧の目はどこにあるかに関する議論と集合論の関係性について

「あれ」

研究室内に佐久さんが入ってきた。ソファで文庫本を読んでいる私を見つけて、佐久さんはぽかんと口を開けた。

「また来たのかい」

「はい。来ちゃいました」

「またおいでとは言ったけれど、こんなにしょっちゅう来るとはね」

あれから私は、暇を見つけては佐久さんの研究室に入り浸るようになっていた。もちろん、霊の面白い話が聞けることを期待してだ。「片化粧」の時には怖い目にもあい、警戒する気持ちもあったが、結局のところ好奇心が勝っている。

「それにしても、学校はいいのかい」

「もう夏休みらしいですよ」

窓のそばで日向ぼっこしているチサトさんが、私の代わりに答えた。

「そうか、夏休みか」

佐久さんは机の上に紙の束を置く。どの紙にも無数の数式が書いてあるのが見えた。

「で、何しに来たの」

そもそもお前が来いって言ったんだろうが。私はイラッとしながらも、返事をする。

「霊の話を聞きたくて」

「君のそばに何かがいるって話なら、まだ何も言えないよ。僕にもよくわからないんだ。何となく、そんな気がするってだけでね」

「そうですか」

「うん」

「……佐久さんって、泰然としてますよね」

「ん？」

「霊なんてちっとも怖くない、って感じです」

ははは。佐久さんは乾いた笑いを上げる。

「怖いわけがないさ。どこが怖いんだ、あんなもの」

本当に怖いのは、生きている人間だ――。

そんな風に続くのかと思っていたら、飛び出してきたのは正反対の言葉だった。

「論理的に考えてみなよ。元となる人間がちっとも恐怖に値しないじゃないか。人間が怖くないのだから、そこから生まれた霊が怖いわけもない」

佐久さんはかたかたと笑う。決して体格も良くはなく、喧嘩など一度もしたことがなさそうな青年は……時折まるで肉食獣のような冷たい表情を見せる。

「人間、怖くないですか」

「どこが？」

佐久さんは不思議そうに質問する。

「え、でも、猟奇的な殺人事件とか……」

「人間の思考なんて、実に合理的じゃないか」

佐久さんはついと人差し指を立ててみせる。

「人間はメリットを追求する。逆に、デメリットは避ける。この法則から決して逃れることはできない。殺人だって、人を殺すメリットが、殺すデメリットを上回ったから行われる行為にすぎない。ただ、何をメリットとするか、何をデメリットとするか、その基準と、解決手段がそれぞれ異なるだけの話でね」

「そうですか？　利益なんて何も考えてない、やけっぱちみたいな事件もありますけど」

「そんなことはない。仮に感情の爆発だとしても、そこに合理的な理由はある。つまり鬱屈《うっくつ》した感情をそのまま抱えるよりは、爆発させることによって精神的な爽快感を得られるわけだ。これは明らかにメリット。その後どんな罪を背負うことになるかを考えていないように見えるかもしれないが、それは正しい表現じゃない。その後降りかかるデメリットを『正しく推測する能力がない』だけの話だ。もしくは、正しく推測しても、メリットの方が多いと判断したか」

「……そう……ですかね」

反論を考えようとするが、佐久さんのすべてを包み込むような理屈の前に、有効な反撃が思いつかない。

「そうさ。人間は一定の法則に従って生きている。それ以外は、物理的に不可能なんだ。人間の脳が物理的な構造を持つ以上、その機能もまた物理的な限界を有する。君は不完全性定理を知っているか？」

「何ですかそれ。何が不完全燃焼するんですか」

「不完全性定理だ。数学的に証明できない命題が存在する、ということを数学的に証明した理論だよ」

「え……早口言葉？」

「ゲーデルという数学者が証明した、非常に美しく精緻《せいち》な理論だ。これはつまり人間の論理的思考能力、すなわち脳に物理的な限界があるということを意味する」

「そうなんですか？」

「そう。脳で考えられることはそれこそ無限にあるが、それでも絶対に考えられないこともある。考えてみれば当たり前の話だね。コンピュータは性能の限界を超えて機能できない。人間もまた、同じというわけだ。仮にその脳に何らかの損害があり、想定外の動きをしたとしても……そのエラーパターンはまた、限られた範囲のものでしかありえない」

「…………」

「僕の言いたいことがわかるかい？　そんな、限界のあるものなんて怖くないってことだよ」

佐久さんはまた、顎の骨を揺らすようにして笑った。

「佐久さんはずーいぶん頭がいいみたいですから、人の行動なんてたいてい想像の範囲内で、怖くないってのはわかりますよ」

「その解釈で正しい」

皮肉のつもりで言ったのだが、佐久さんは平然と肯定した。

「でも普通の人には、理解できないことっていっぱいあると思います。それがみんな、怖いんだと思います」

「そうだろうね。理解できない、合理的な解釈を導き出せないものに対して人は恐怖を抱く。それは自然だ。何だかわからないものには、安全を期して近づかない。それが猛獣であれ、毒の実であれ。そういう暮らしをしていた猿に生まれたのが、恐怖という感情なのだから」

「佐久さんには理解できないものなんてないと、言うんですか」

「そうでもない。僕は霊や人間が怖くないと言っただけだ」

「霊や人間のすべてを理解していると？」

「そうだ」

佐久さんははっきりと言い切った。

「彼らに対して僕が恐怖を抱かないという事実が、それを証明しているとは思わないかな？」

「…………」

そんなことを言いきる人間がいるなんて思えない。だが、いるのだ。目の前に。

私は少し動揺していた。目の前で白湯をすすっている青年が、一番理解できない。理解できないから、恐怖する。佐久さんは私にとってまぎれもなく、恐怖だった。

「霊の見えない君に、問題を出そう。ニューハーフの霊は、男の姿だろうか？　女の姿だろうか？」

「えっ？」

　突然の質問に、私は混乱する。

「わからないだろうね。次。半側空間無視という脳障害がある。片方の刺激を認識できず、無視してしまうという症状だ。これを持つ患者は、例えば与えられた食事をきっかり右半分だけ残してしまったりする。本人は『全部食べた』と理解しているにもかかわらず、だ。鏡を見てひげを剃《そ》っても、左側だけ剃れなかったり、体の片方側の汚れだけ認識できなかったりする」

「そんな病気があるんですね」

「病気というか、症状だね。では、問題。半側空間無視の患者の霊は、どんな形になるでしょう」

「え……はい？」

「やっぱりわからないだろうね」

「わかりませんとも」

　私は腹の底から声を出す。何を言ってるのか、意味も、意図もわからないよ。

「僕にはわかるんだ。僕にはほぼすべての霊が見える。感知できる。半側空間無視だろうと、性同一性障害だろうと、統合失調症だろうと……。どんな霊だろうと。今までに出会った人間と霊の数を比べれば、霊の方がはるかに多いくらいだ」

佐久さんはくりくりと眼球を動かした。今言ったのは、お前のことじゃないよ。気にするな。そんなアイサインを、誰もいない空間に向けて発したように見えた。

「わかるかい。僕と君では、見てきた霊、すなわち人間のサンプルケースの数が違う。そんな僕が人間のことを君より理解していて、恐怖を感じる存在でなくなっていたとしても、不思議ではないだろう？」

「はあ」

そーですか。

「じゃあ、本当に何も怖くないんですね」

「うん」

「絶対の絶対にですね」

「うん」

「じゃあ、肝試《きもだめ》し行きましょうよっ！」

私は言い放つ。

今度は佐久さんがわけがわからないという顔をした。

「肝試し？」

「そうです。私、知ってるんですよ。霊が出るっていういわくつきのところ。そこは昔病院だったんですけど、ある日医師が患者を殺してしまうという事件が起きたそうです。廃院になった今も、夜な夜な……」

「いいよ、行こうか」

私が最後まで言う前に、佐久さんは頷いた。

「ちっともひよらないんですね」

佐久さんは頷く。

「怖いのが出るのなら、こちらからお願いしたいくらいだ。最近の悪霊なんて、どれも小粒でね」

「はー、そうですか」

まあいいや。これで佐久さんと肝試しの約束を取り付けることができた。霊の専門家と一緒にオカルトスポットに行く。何ともわくわくするではないか。小さくガッツポーズを取りながら、私は手帳を取り出した。

カレンダーを眺め、夜遅くまで時間が取れそうな日はと考えつつ、ふと私は思い出して聞いた。

「半側空間無視の人の霊は、どんな形になるんですか」

佐久さんはこともなげに答えた。

「右なら右、左なら左が、二つついている」


「あっちいなー……」

「あっちいね」

「あっちい」

今日も太陽は燦然《さんぜん》と輝いている。密度を増した熱線が、空気ごと私たちを押しつぶしているようだ。

「なあ。もう、勉強やめないか」

ユウが下敷きで顔を煽ぎながら言う。彼の薄いTシャツは汗まみれだ。健康的な筋肉が逆に暑苦しそうで、同情を誘う。

「店内の席が取れなかった時点で諦《あきら》めるべきだったと俺は思う」

「確かにね。このラウンジ暑すぎ。ノート見てると、汗が落ちるんだもん」

メイコはハンカチで顔を拭《ぬぐ》って言う。そのハンカチもまた、じっとりと湿っている。

私たちは喫茶店に集まり、教科書の練習問題を解いていた。夏休み明けに、一学期の内容を総おさらいする忌《い》まわしき「実力テスト」があるのだ。順位は一位からビリまで残酷にも全校発表されるばかりか、保護者にも送付される。私にとって頭の痛い問題だ。

「二人とも、気合いが足りないぞ。そんなんじゃ復習が終わんないよ。ほら。次の問題、教えて」

「カナ、お前なー。お前が教えて欲しいって言うから、来たんだろ」

「カナ、あんたねー。あんたが教えて欲しいって言うから、来たんだよ」

内容がかぶったメイコとユウは、視線をしばし合わせ、ふうと息をつく。

「ユウ君も私も、家で勉強するつもりだったんだから。助けて欲しいのはカナだけでしょ」

「うー。だって」

「何も俺まで呼ばなくたってよかったじゃないか。二人だったらあの席、座れただろ」

不満をこぼす二人に、私は言う。

「だってだって。文系科目はユウの教え方が一番よくわかるし、理系科目はメイコの説明が一番わかりやすいんだもん。だから、二人にいっぺんに来てもらった方が、はかどるじゃない」

「お前の都合だけじゃねーか……」

ユウは呆れ、コップを傾けて中の氷をがりがりとかじる。

「それに私、ユウ君とこうして話すのって、初めてなんだけど」

メイコが目を伏せる。

「何か問題でも？」

私は聞く。

「いや、いきなりだとちょっと気まずいっていうか……びっくりしたというか」

「何言ってんの。これを機に仲良くなっちゃえばいいじゃん。同じ学年でしょ。友達は多いに越したことはないって。何より、私の友達二人が仲良しだと、色々やりやすくて楽なんだよね」

「また、お前の都合じゃねーか……」

氷のなくなったコップの内側を、ユウはまだ未練たらしく舐めている。

「そうだねー。ねえ、ユウ君。カナ置いてアイスでも食べにいかない？」

ユウが、お、いいなという顔をする。

まずい。二人がいなくなったら私の勉強は全く進まないぞ。

「待って待って。わかった。わかったから。休憩タイムね。私アイスおごるから。それでいいっしょ」

「お、珍しくサービスいいじゃない」

「何でも好きなアイス選んでよ。ただ、一人百円までね」

私は付け加える。

「百円までって。好きなアイス、選べることになってないじゃない」

メイコが幻滅したような目でこちらを見た。


「ねー」

「なに？」

私たちは喫茶店を出て、公園でだらける。コンビニで買ったコーンアイスは冷たくて甘いが、舌にべったりと残る感じがしてだんだん嫌になってくる。

「今度みんなで肝試し行かない？　夏だし」

「カナ、お前はまた、そんなことを。面白半分で霊に関わるのはやめろって」

ユウはチューブ状のアイスキャンディを口にくわえている。ごついくせして、意外と選ぶものが可愛い。

「そうねー。カナ、『片化粧』で怖い目にあったって言ってたじゃん。こりてないね」

メイコは棒アイスをがりがりとかじっている。

「でも、霊の専門家がいれば大丈夫でしょ」

「霊の専門家？　って……お前、まさか」

「うん。佐久さんがついてきてくれるって言ってるの」

うげー。ユウはそんな顔をした。

「よりによってあいつに頼んだのかよ」

「うん。いや、元々肝試しには行きたいと思っててね。話の流れで提案したら、快諾してくれたわけ。でもさ、佐久さんと二人っきりだとデートみたいになって変じゃない。だからメンツ探してるんだよね。ユウ、メイコ、一緒に行かない？」

「俺は気が進まないけどな」

「あれ？　佐久さんは何も怖くない、みたいなこと言ってたよ」

「兄貴はそういう奴だからな。むしろ怖いほど喜ぶタイプだ。ま、たいていの心霊スポットに危険な霊なんていないんだが……万が一ってこともある。自分からわざわざ危険を冒す必要もないだろ。メイコさんもそう思うよな？」

「んー」

メイコは首を傾げる。

「でも私は、ちょっと行ってみたいな」

「え？」

「っていうか、私はカナみたいに霊に興味があるわけじゃないんだけどさ。遊びに行きたいよね。私たちもうすぐ受験じゃん。その前に思い出作りたい。肝試しして、花火して、お菓子食べて怪談するとか、そういうベタなイベントやりたい」

「うん！　メイコ、よくわかってる！　じゃメイコは参加と。ユウも行こうよ。私たち、友達じゃん」

ユウはぐっと黙り込む。

その気持ちが手に取るようにわかる。

友人と一緒にどこかへ行くのはいい。楽しそうだ。しかし、兄貴の佐久と一緒なのは気が進まないのだ。とかくこの兄弟はぎくしゃくしている。

しかし、だからこそ誘いたい。私は続ける。

「じゃあ最悪、肝試しはなしでもいいからさ。現地に行って、ヤバイと感じたら無理に実施しないから。だから、一緒に遊びに行こうよ。ユウだって夏休み、ただ勉強だけして終わるのはつまんないでしょ」

「んー。まあ、それは……」

やった。ユウの心が少し動いた。

「夏をエンジョイしようよ。花火とかやろうよ」

「花火か」

満更でもなさそうな顔だ。いける。

「じゃあOKだね？」

「……しょうがねーな。ま、兄貴とお前だけで行かせる方が不安だしな」

ユウが頷く。

よし。うまくいった。私の中に、不思議な達成感が湧き上がる。

これで佐久さんとユウが一緒にいる機会を作ることができる……。

今、はっきりわかった。「片化粧」の時以来、この二人を何とか仲直りさせたいという気持ちが、私の中にあったんだ。私のせいで喧嘩させてしまったような気がしていて、埋め合わせがしたかった。

肝試しに行きたかったのは嘘ではない。佐久さんやユウと心霊スポットに行ったら、きっと面白い話が聞けるだろうし、それは楽しみだ。最初はそのつもりで誘っていたのに……。

いつの間に、私は鳴神兄弟のことを心配していたんだろう？

「何か、変なの」

私は自分で言う。

「何がだよ」とユウ。

「変なのはあんただって」とメイコ。

　ま、いっか。


　景山の廃病院。

　この界隈では有名な心霊スポットの一つである。県境にある山道の途中に、あらかじめ知らなければ気が付かないような脇道が存在する。小さいが、しかし確かに舗装されたその道は、ガードレールを伴って山奥の方へと続いている。街灯はなく、周囲に建造物もない。道を数百メートルほど進んだ先に、その廃病院はある。

「そこに入院していた患者が、病気の発作か何かで医師に襲い掛かったんだって」

　私は言う。

「どんな病気だよ」

　ユウが言う。

「で、医師はとっさに身を守ろうとして、その患者を殺しちゃった」

「武器でも持ってたのかよ」

「その不祥事を病院ぐるみで隠ぺいしようとして、目撃者の何人かを口封じしたの。でも、人の口に戸は立てられず、結局病院は閉鎖になった」

「話がでかくなりすぎだって。Ｂ級映画か」

「今でもその建物には、恨みを残した患者の霊が、さまよって……」

「何でもかんでも病気とか、殺人とか、そういう霊のせいにするなってんだよ。偏見もいいところだ」

不機嫌そうなユウ。

「失礼だなあ。これは別に私が作った話じゃないんだからね。そういう噂が流れてるの。人が親切で説明してやってるってのに、つまらない突っ込みばかりして」

「別に説明なんかいらねーよ」

「なにい」

私とユウが身を乗り出して睨み合う。間に座るメイコが、「まあまあ」と私たちを引き離す。

「百メートル先、左方向です」

「はあい、ありがとう」

無機質なナビの声に、チサトさんがウインカーを出しながら返事をする。この人は出発した時からずっとナビと会話している。人がいいのか、マイペースなのか。

ぐいとチサトさんがハンドルを切ると、私たちの体が右側に揺れた。車は速度を落とし、山道に入っていく。

午後十時。

月齢、約二十九。月は新月に近く、夜道は暗い。この道に入ってから、行き来する車はほとんどなくなった。私たちの車のハイビームだけが、闇を切り裂いてそこに道を映し出す。

「この道でいいのね、カナちゃん」

「はい。あ、『この先通行止』の看板が見えたら、そこ入ってください」

「はあい」

チサトさんはのんびりとした調子で返すと、アクセルをぐっと踏み込んだ。

少しずつ目的地は近づいてくる。私は興奮を抑えきれず、みんなに呼びかける。

「わくわくするね！　もうすぐだよ」

私はデジカメを取り出して、スイッチを入れる。電池は満タン。何が出てきても、撮る準備はＯＫだ。

「心霊スポットではしゃいでんの、お前だけじゃんかよ」

ユウが冷めた様子で言った。私はぎろりと睨みつける。

「ちょっとユウ、もっとノリよくしてよ」

「はいはい。まあ廃墟観光はサクッと終わらせて、公園で花火しようぜ。俺、早くロケットやりたいよ」

ユウが後ろを見て、笑った。この車の後部座席とトランクは繫がっていて、積まれた花火セットが見える。

「ユウ君、ロケット花火好きなんだ」

メイコが聞く。

「好き好き、大好き。あれやるために夏はあると言っても過言じゃない！　毎年、一人でもいいからやるべきか、我慢するべきか悩むんだよ。いやー、今年は一緒に遊んでくれる人がいてよかった。楽しみすぎる」

「ぼっちかよ。自分だってはしゃいでるじゃん」

私は言う。

「うるせーな。ロケット花火ではしゃがなかったら男じゃないって」

「あんたの兄貴は落ち着いてるみたいだけどー？」

私が憎まれ口を叩くと、メイコとユウが助手席に座る佐久さんを見た。

佐久さんはびっくりするほど静かだった。寝ているわけではない。顔をかすかに左に傾けて、目を細めて何か考え事をしている。出発した時からずっとこの調子だ。こういうテンションでいられるのも、ちょっと困る。

「佐久さん？」

私は声をかけてみる。応答はない。

「佐久さーん」

「ん……」

まるで夢の世界から声を出しているような、曖昧な発音。

「佐久さん。もうすぐ、例の廃病院です。何か感じたりします？」

「ん。……ああ」

佐久さんの目が、バックミラー越しに私を捉えた。その目は鋭く、ぎらついている。

「んー、別に」

その返答に少しがっかりする。やっぱり私の聞いたのはただの噂なんだろうか。行っても、何もなかったらどうしよう。つまんないな。

佐久さんは物憂げに首を半回転させると、小さい声でぽつりと言った。

「病院は、産婦人科？」

「え？　いや、精神科病院って噂でしたけど」

「あ、そう……」

佐久さんの目は、窓に向けられている。焦点がどこに合っているのかはわからない。

「じゃあ噂が間違ってるのかな」

その言葉が何を意味するのか、つかめない。問いただすこともしづらい雰囲気で、私はただ茫然と佐久さんの見る窓の向こうに目をやった。

そこにはただ闇が広がっていた。

「これ全部俺のぶんね」

「ちょっとユウ君、ロケット花火は一人三本ずつにしようってば」

横ではメイコとユウが花火を手に何か揉《も》めている。

緊張感のない奴らめ。


「あ。カナちゃん、あれよね？」

チサトさんが指さす先に『この先通行止』の看板が見えた。ライトで照らし出されたその看板は、少し泥で汚れている。無機質な活字で書かれた看板の文字は、どこか妖気を発しているように感じた。

「へー。あれか」

ユウも窓から身を乗り出す。ざわざわと風に葉が揺れる音がする。生暖かく、湿度の高い風が車中をすり抜ける。

分かれ道の先は暗いが、どちらも普通の舗装道路だ。片方は人がたくさん住む町に、片方は人の気配のない廃墟へ続いていると思うと、何だか背中がぞわぞわする。

「じゃあこっちね」

チサトさんは躊躇《ためら》いなく、通行止めの方向にハンドルを切った。車の軽快なエンジン音が、夜の道に溶けていく。

「ふ、雰囲気出てきたねえ」

メイコが半笑いで言う。

「うんうん。こりゃやっぱり、出るかもよ。というかせっかくだから、出てきて欲しい」

「カナ、人間のリクエスト聞いて出る霊なんていないっての。芸人じゃないんだから」

「うるさいねユウ。あんた何か見えてないの？　お化けとか」

「愚かな問いかけだな。俺の目にはロケット花火しか映ってないんだぜ……」

「愚かなのはあんただ……」

脇道に入った途端、それまで上り一辺倒だった道が、下り始めた。しかしある程度下るとまた上り、少し上ったかと思うとまた下る。今は山のどのあたりにいるのだろう。見当がつかなくなってくる。ここに入る車などいないはずだが、道はさほど荒れていない。白いガードレールの上に、スプレーのラクガキらしきものがいくつか見える程度だった。

「見て。ナビが面白い」

チサトさんの声でみんなが画面を見る。車の現在地は山の中だった。どの道からも外れ、妙な方向に進み続けている。

ナビの目的地は花火をする予定の公園にセットしてある。道順を検索したくてもできないのか、ルート表示は出たり消えたり、妙な動きを繰り返していた。

「あ。……終点みたい」

車の先に通行止めを意味する置石が見えた。簡易な柵も設置してあり、ここからは車で進めなそうだ。しかし道は依然、続いている。その先は暗黒に消えていた。

チサトさんは減速し、柵の少し前で車を止める。

「ここからは徒歩だね」

メイコが言う。待ってました。さあ、悪霊でも怨霊《おんりょう》でも出てきなさい。私は鞄から懐中電灯を取り出し、首からデジカメのひもをかけた。準備万端。いてもたってもいられず、私はドアを開くと、夜の空気に飛び込んだ。

みんな車から降りると、それぞれに伸びをしたり、深呼吸をしたりしている。

あたりの森のおかげか、涼しい空気が漂っていた。何とも気持ちがいい。私はぐるりと見回してみる。周囲すべてが山だ。こんなところで車を降りるのは初めてかもしれない。巨大な山という世界の中を、線のように貫く道路と、点のような私。ぽつんと停車している車が、ひどく不自然な存在に見える。コンピュータの密集するサーバールームに、ころりと蜂の巣が落ちているような。その異物感が、私を緊張させる。

「行こうか」

声に振り返ると、佐久さんが柵を乗り越えて、先を懐中電灯で照らしていた。

さっきまでの無表情とは打って変わって、笑顔だった。

果たして、噂の廃墟は実在した。

道を十分ほど進むうち、唐突に建築物が見えてきたのだ。三階建てで、さほど大きくはないが小さくもない。

住宅街に立っているのがふさわしそうな病院である。どうしてこんな山奥にあるのだろう。不便じゃないのかな。いや、実際不便だったからつぶれたのかな。

「当たり前だけど、誰もいないね」

メイコが懐中電灯で建物を照らす。光の円の中に、朽ちた壁や、真っ黒な窓が現れる。その窓から誰かが覗き返すような気がして、私は目を伏せた。

「ふうん、なるほどねえ」

佐久さんがニタニタしている。

「嫌いじゃない。僕は嫌いじゃないよ。こういうの」

妙なことを口走りながら、率先して進んでいく。玄関の周辺は雑草が生い茂っていたが、物ともしない。私たちは慌てて、佐久さんのかき分けた跡についていく。ふいに私のバランスが崩れた。足を草に取られたらしい。思ったよりも頑丈なその草に引っ張られて、横によろける。やばい。転ぶ。目を閉じた私の頭に、何か硬いものがぶつかった。

「気をつけろよ」

ユウだった。

硬いユウの体にぶつかって、私は転倒せずにすんだ。

「ご、ごめん」

「前ばっか照らしてないで、足元照らせっての。みんなもう行っちゃったぞ」

「あ。うん」

佐久さんを先頭にして、チサトさんとメイコが建物に入って行くのが見えた。置いて行かれるところだった。ユウがそばにいてくれなかったら。ユウが寄り添うように、いてくれなかったら……。

ユウ？

「もたもたしてると、先に行くぞ」

「ん」

　ぶっきらぼうな口調。でも、私が体勢を整えるのを確認してから、ユウは歩き出す。私と同じ歩幅で、速度で。

　ユウ。

　横についてくる。ユウが。大きな体が。

　何だか頼もしくて、私はばれないようにこっそり、笑った。


　廃墟の中は恐ろしいほど静かだった。

　後ろにユウの体温を感じながら、私は少しずつ歩く。

　床には様々なものが散乱していて、一歩足を進めるごとにがさがさと音が鳴る。私は床を照らしてみる。落ちているものは、注射器、何かのビン、それから落ち葉、枯れ枝、ビールの缶やお菓子の袋といったゴミ。病院だったことは間違いないようだ。

　ただ、その構造が何とも不可解である。

　私のよく知る病院と違う。

　入口は狭く、一人が通れる程度の道がずっと続いている。右手に受付らしき窓口。割れたガラスと、埃《ほこり》をかぶった動物のぬいぐるみが痛々しい。

少し歩くと、椅子がいくつか並んでいた。待合スペースだろうか。それにしては狭く、置かれている椅子も三つほどである。

ここは普通の病院じゃない。そんな感覚が私の頭の中を駆け抜けていく。内科とも、歯科とも、耳鼻科とも違う。今まで私が行ったことのある病院とは、何か質的に異なる空間……きっと、特別な患者が用いる空間だ。

何かが、かすかなそよ風の中で羽ばたいた。光を向けると、「同意書」と印字された紙の束が見えた。

「ユウ、これって」

私は後ろを振り返る。

「……ん」

ユウは顔に手を当てていた。私は懐中電灯を振り上げる。

「うわっまぶしっ！　バカ、俺に向けてどうする！」

「どうするって、どうしちゃったのか気になったから」

私の声は震えていた。目にしたものに驚いて、震えてしまっていた。

「どうしちゃったのかって、いいから、とにかくそれ下に向けろって！」

ユウは目を押さえている。私は懐中電灯を下げる。それでもユウは目を押さえている。押さえる手のひらの間から、つうと水が流れている。

ユウは泣いていた。

あのユウが、泣いていた。

「やっぱり涙だよね。汗じゃないよね……ガチムチに筋肉があっても……泣くんだ」

「カナ、お前なあ。失礼すぎるだろ」

「どうして……？」

「………」

ユウは理由を言わなかった。

この雰囲気をどうしたらいいのか。困っていると、奥から佐久さんの声が聞こえてきた。

「なるほどね。予想通りだ」

ユウも涙を拭《ふ》きながら、ゆっくりと進み始める。私はユウに押されるようにして廊下の奥に進んだ。「処置室」と書かれたプレートが床に落ちている。佐久さんとチサトさんはすでに処置室の中にいるらしい。

何を処置するというのか。その簡単な漢字に、ひどく禍々《まがまが》しい印象を受けた。

私は入口の扉を押す。扉は、朽ちていてもきちんと動いた。ぎいと音が鳴り、私とユウは処置室に足を踏み入れる。

「やっぱりか」

ユウの悲しげな声が聞こえた。

佐久さんとユウが何かを察しているのに対し、私はそこがどういう場所なのか、眼前にしても理解できなかった。錆びついた手術台を中心にして台車や棚が並んでいる。直上には大きなライト。いわゆる手術室であることはわかる。それまでの通路と比較してその部屋はだいぶ広く、いくつかの扉が存在している。この部屋を中心として、いくつかの部屋に繋がっているのだろう。

「産婦人科だ」

ユウがぽつりと言う。

「それも堕胎《だたい》専門の」

中央の手術台には、妙なシミがついている。通常ではシーツを敷くのだろうが、それが剝《は》がれた今は、その上で行われていたことをおどろおどろしく私たちに想起させる。

そのシミを撫でさすりながら、佐久さんは手術台に抱きついていた。

チサトさんが振り返る。

「ごめんね。この人、いつもこうだから」

「佐久さんは何してるんですか」

「たぶん今は意識ないよ」

「意識ないって……？」

「向こう側に、行っちゃってる」

どこだよ。

突っ込みたい気持ちを抑え、私は佐久さんのそばに近づく。

「あの。佐久さん」

何気なく手を伸ばし、その背に触れた。

その途端、世界がぶっ壊れた。


「あー」

空間がぐるんぐるんと回っている。あたりの壁が、床が、天井が、棚が、ライトが、手術台が、ユウが、メイコが、チサトさんが、佐久さんが、マーブリングのようにぼやけて歪《ゆが》んで、伸びていく。

違う。

空間は回っていない。回っているのは、私の方だ。

「君か」

さっきから聞こえる声は、佐久さんのものだ。

「僕の方に、どうやって来たんだい」

「佐久さん？　私……」

声を出したいが、出ない。それどころか、油断すると意識が飛びそうになる。何が起きてるんだ。

「まあ、落ち着きなよ。君の体は、そこにある」

「あ、本当だ」

佐久さんが指さす先に、私がいた。直前までの記憶と違わぬ姿勢で、佐久さんの背中に触れている。

「って、どうして私の姿が、私に見えてるんですか」

視界から判断すると、私の意識は部屋の天井付近に浮かび上がっているようだ。そして、ゆっくりと回転している。これって幽体離脱とか、そういうもの？

「そんな感じかな。ま、たぶんすぐに元に戻ると思うけどね。目が回る感じがするなら、意識を強く持つことだ。それだけで、霊体は安定する」

　意識を強く持つってどういうことだよ。私は強い私は強い私は強い。これで合ってるのか、おい。

「全然違うけど、結果的に合ってるからそれでいいよ。意識を強くってのは、一つのことを考えるってこと。逆に意識の焦点がぼやけている状態が、意識が弱い状態。一つのことを考えると、自分という形が維持される。曖昧に考えると、自分は溶けて別の形ある物に翻弄《ほんろう》される」

「よく冷静にさらさらと話せますね。それにしても、どうして私の考えることがわかるんですか」

「思考とは、霊そのものだ。僕には霊が見える。そういうこと」

「いやいやいや、さっぱりわかんないんで。どういうことですか」

「君は本当に霊感ゼロなんだね。じゃあ、この部屋に浮かんでいるものも見えないかい？　よく見てごらんよ」

　私のすぐそば、顔の横あたりに佐久さんの吐息がかかったような気がした。言われる通りに部屋に目をこらす。懐中電灯も持っていないのに、視界は明瞭だった。しかし、佐久さんの言うようなものは見えない。

「何も見えません」

「仕方ない。説明してあげようか」

「お願いします」

「君は霊に順番は関係ないということを知ってるかい？」

「は？　突然、何の話を……」

意味がわからず、私は聞く。

「いいから聞くんだ。霊というのは、どうも数学の『集合』に近い考え方をするところがあってね。例えば看板に『パン屋』と書かれているとするだろう？　霊は、それと『屋ンパ』の区別がつけられない。つまりね、同じ文字が過不足なく含まれていれば、同じ言葉だと認識してしまうんだ。パン屋も、屋パンも、パ屋ンも全部同じ単語に見えている。この文字とこの文字とこの文字とが含まれた単語、みたいにね」

「な、なんで？」

「なんでだろうね。霊になると頭の機能が低下して、いや、枷《かせ》が外れると言うべきかな、とにかく論理的な思考が失われるんだと思うよ。パが一番目、ンが二番目……順番、繋がり。そういう発想がしづらくなるんだ。もっと大きな枠組みで、ものを考えるようになる」

「そうなんですか……」

それがどういうことかいまいちイメージできない。

「君だって、そういう経験はないか？　ある単語のいくつかの文字を混同して読んでしまうことはない？　そういう時、人間は霊的な思考パターンに陥っているんだよね」

「私はそういうこと、ないですけど」

「そうなんだ。まあ、個人差があるからな。ほら、そこにいる霊はまさにそうなんだよ。順番が、繋がりが、わかってない。彼は人間として生まれたかった。人間としてすべての部品を持って生まれてきたのに、バラバラにされた子なんだ。だから、足りない部品を探してる……足りない部分を作ろうとしてる」

佐久さんはささやくように言う。

「でも可哀想に、順番がわからない。繋がりがわからない。だからほら、目の位置に耳がついているし……」

ぞくり。急に具体的なイメージが説明され、私は震える。

「耳の位置に口があるね……鼻の数もおかしい。一、二……七つもある。ああ、歯の代わりに爪が生えている。それに一部の内臓が外に出て、皮膚が裏返っているな」

「見、見たくないです」

私は思わず目を閉じる。何も見えていないのに、それでも閉じる。

「うん、見えなくてよかったかもしれないな。これが見えると、慣れないうちはかなりキツイだろうね」

「どういうことなんですか。どうして、そんな霊が」

「ほとんどの霊は人間の形を保っているけれど、それは肉体という容器に長いこと詰まっていたことによる、跡みたいなものなんだ。霊自体に、人間の形を維持する能力、臓器の順番と位置を理解する力はない。つまり、肉体に長くいられなかった霊は、こんな風にぐちゃぐちゃになってしまうんだよ」

「まさか、まさか……」

佐久さんは少しの沈黙の後、はっきりと口にした。

「そう、これは胎児の霊だ」

私は息を呑む。

「…………」

「ここは中絶治療だけを受け付ける病院みたいだね。入口と出口が別になっている構造も、患者の後ろめたい気持ちに配慮してのことだろう。こんな山奥でわざわざ開業するくらいだから、胎児の売買もしていた可能性があるな」

「売買？」

「中絶胎児に人権はないんだ。遺体ではなく、医療廃棄物として処理される。逆に言えば、彼らの肉体をどう利用したって文句は出ないということだ。その腎臓を取って他に移植しようと問題はない。溶かしてタンパク質として化粧品の材料にしたっていい。脳の一部を切り取ってマウスに移植し、特定のホルモンを大量生産させようと構わない。その体を試験管培養して研究に利用したって……」

どす黒いイメージが広がっていく。

「まさか、まさか……」

「高く売れるのさ。人間の機能を保持し、人権のない人間。医療研究や新薬開発に、これほど必要な材料もない。同意書は、胎児を医療研究用に使うことに関するものだろうな。あなたの中絶が医学の進歩に寄与するとか謳《うた》って、同意させるんだ。そして女性は解放され、医者は金を得る。医学は進歩し、新しい人が救われる。業だね。誰が悪いというわけでもない。誰が正しいというわけでもない。ある種の需要と供給がかみあった時、人はこんな現象をも発生させる」

くすくすという佐久さんの笑いが聞こえてくる。頭の裏に響くように、眼球の裏に入り込むように。

「胎児の絶望が、苦しみが、悲しみが、痛みが、恨みが、霊として充満している。僕の中にそれが入ってくる。知ってる？　霊を見る感覚っていうのは、目で物を見るのとはちょっと違う。霊が、入ってくるんだ。自分の感覚の中に、入り込んでくるんだ。それは共感なんて生易しいものじゃない。自分が侵食され、彼らと同じ感情を追体験することになるんだよ」

「えっ」

といういうことは、胎児たちの霊を見ているという佐久さんは。

「そう。僕は今、彼らの一生を追体験している。ひどく短い一生をね。温かい胎内に入ってくる胎盤鉗子《かんし》の感覚。薬剤で強制的に排出される気持ち。泣き叫びたいのに、泣く力がない。声にならない叫びとはまさにこのことだね。ああ、ちなみに雄作も同様だと思うよ。あいつは僕よりは感覚が弱いけど、ここにいる霊は見えているはずだ」

ふいとユウの方を見る。

私のそばに立ちながら、まだ涙を流し続けていた。

「ハハ、あいつ、バカだな。霊に同情してやがる」

佐久さんのぶっきらぼうな声が聞こえた。

「そんな。ユウは優しいだけで……」

私の反論より先に、佐久さんが続けた。

「泣いたって、苦しんだって、どんなに同情したって、今さら霊は救われない。胎児は死んだんだ。時間は過去に戻らない。無駄な行為だ。君もそう思わないか？」

「そんな。胎児たちは助けを求めて泣いてるんじゃないんですか？」

「違う。彼らはもういない。彼らはもう死んだ。ここには、彼らの感情が『焼き付いて』いるだけだ。それを地縛霊と言う」

「焼き付いている……って……？」

「映画のフィルムに喩えようか」

「ええっ？　フィルム？」

唐突な喩え話に、私は動揺する。

「そう。フィルム。子供が助けを求めて泣き続ける様子を、ビデオカメラで撮影して、フィルムにしたとしよう」

「嫌な映画ですね」

「そのフィルムで、映画を上映する。内容は君の言う通り、嫌な映画だ。見ている者としては不快感を抱くだろうね。下手をすると感情移入してしまって、ひどく悲しい思いをするかもしれない。もしくは気分が悪くなったり、恐怖におののくかもしれない」

「そうですね」

「だけど、映画のスクリーンの中に飛び込んで、子供を助けようとする者はいない」

「あ……」

「フィルムはあくまでフィルム。現実を別の形で記録したもの。現実が、空間に焼き付いたもの。それはリアルタイムで発せられる生の感情とは、全く質の異なるものなんだ。もうこちらからは何の干渉もできない。それに、映画が何度も繰り返し上映されたからといって、彼らの苦しみが永遠に続くというわけでもない」

「映画のフィルム……」

「そう。霊現象というのは、フィルムと同じくらいに僕たちの現実とは離れた場所にあるものなんだ。彼らの苦痛も絶望も、映画のフィルムにすぎなくて……それ自体はとっくの昔に、消えている。彼らの苦しみは終わったんだ」

淡々と語る佐久さん。そんな佐久さんの冷静さがなぜか許せなくて、私は声を荒らげる。

「そんなこと言ったって！　過去にそういうことがあったのは事実じゃないですか！　それを、悲しいと思わないんですか？」

からからと乾燥した笑い声が返ってくる。

「悲しんだら、何なんだい？　同情したら、偉いのかい？　彼らがそれを望んでいるとでも？　僕はそんな偽善的な真似は嫌いなんだよ。無意味だからね。僕は彼らの苦しみを追体験したら、それを記憶するだけだ。それ以外のことはしない」

「何ですって？」

「世の中にどれだけの悲しみと苦しみが、のた打ち回っているかわかるかい？　過去から現在まで、数えきれぬほどの人間が、死んだ！　認められず、傷つき、報われず、悲しみ、恨みを抱え、後悔を秘めて、死んでいった！　それが霊となり、あちこちに焼き付き、僕の前に現れる！」

佐久さんの声はぐわんぐわんと揺れている。水中に全身を埋めながら、外からメガホンで話しかけられているようだ。目が回りそうになる。

「僕はね、それを全部受け止めているんだ。結局のところすべては情報として、僕の体内に入ってくる。それを全部覚えておくんだ。それが、僕にできることだし、僕の仕事だと考えているんだよ……」

今度は急に声が遠くなっていく。

聞き取りづらくなったと感じてすぐ、注意しないと音がするのかしないのかがわからなくなり、そのまま私の中から音という感覚が消えていく。

まるで鼓膜が消滅したようだった。

同時に平衡《へいこう》感覚が消え、宙に浮いていた私は急速に落下し……。

「ぐえっ」

「わ、ちょ、何だよカナいきなりよっかかるな……って重っ！」

いつの間にかユウの腕の中で、失神していたという。


目覚めた時、私は車の中で寝かされていた。

外からは喧騒《けんそう》が聞こえてくる。

茫然としていると、佐久さんの声がした。

「ああ、起きたみたいだね」

「おはようございます」

佐久さんは助手席で、懐中電灯の明かりを頼りにノートにペンを走らせていた。

「あの、私……」

「ほんの数分だけど、僕の中に入ったんだ。疲れたんだろうね」

腕時計を見る。廃墟に突入した時から、二時間ほどが経過していた。

「おらおらおらおらおらーーーっ」

「こら、ユウ君！　人に向けない！」

大騒ぎの声と共に、閃光《せんこう》が窓から差し込む。

「みんな、花火やってるよ。『廃墟ではカナさんが気絶しただけで、結局何の霊も出なかったから』そのまま公園に来たんだ」

「……そう、でしたか」

「まあ、僕と、それから雄作には胎児の霊が見えていただろうけど……。あれは悪霊ってほどの力も持っていない、普通の霊だ。外見はひどいもんだけど。雄作は黙っているつもりだろうね」

「………」

メイコにも、チサトさんにも何も見えなかった。もちろん、私にも。

「まあ、あれは見えないに越したことはないタイプの霊だよ。形が壊れちゃってる。物理法則を無視したグロさだ」

「そういう霊って、結構いるんですか」

「割といるよ。僕や雄作は、ああいうのを小さい頃から見慣れて育った」

「そうなんですね……」

それを聞いて、心がずきりと痛む。ユウ、苦労してるんだなあ。霊のことを色々教えてと頼んだ時に、ユウが怒った理由がわかるような気がした。

「君は一つ目小僧の伝説を知っているかい？　実はね、一つ目の怪物の伝承って世界中にあるんだよ。サイクロプスなんかもそうだね。世界各地で伝わっていることを考えると、昔からそういう霊はいたんだと思うよ」

「昔の霊能者が見て、書き遺《のこ》したってことですか」

「そうだね。ただし、霊能者と、霊感のない人間では決定的な違いがある。それは、目の位置だ。霊感のない人間はみんな、一つ目の怪物を絵に描けと言われると、目を顔の中心線上に描く。それが自然な気がするようだね。不思議だよね、一つ目小僧なんて見たことない癖に、描けと言われるとみんな同じようにそう描くんだ。でもそれは、あくまでも人間の思考なんだ。霊は、場所なんてわからない。目をどこに置いたらいいかわからない……」

佐久さんはにやりと笑う。

「現実の一つ目小僧の目は、おかしなところについているものさ。だから僕は、一つ目小僧を描けと言われたら、おかしなところに目を描くんだ。霊能者はだいたいそうするよ。本当に霊が見えているかどうかは、一つ目小僧を描かせればわかったりする。ま、霊能者でも見え方は人によるから一概には言えないけれど」

「知りませんでした……」

「君は僕の中に入っておきながら、霊が見えなかったね。本当に霊感はゼロと見える。ある意味、清々《すがすが》しい」

「……佐久さんの中に、入る？」

「あれ。理解してないのかい」

「ほとんど何も理解してないです」

「ああ、そう……さっきはね。君が霊になって、僕の中に入ろうとしたんだ。胎児たちの霊と一緒に、君まで僕の中に侵食してきたってわけ。正直、驚いたよ」

「そう……なんですか」

ならやっぱり、あれは幽体離脱みたいなものだったのか。

「うん」

「でも、私、自分を霊にするなんて、そんなこと……」

「うん。できるわけがないね」

「はい」

「霊体を分離させるのは、センスのいい霊能者じゃないと無理だ。霊感ゼロの君には、はっきり言って厳しい。それこそ『片化粧』でもしないことには不可能」

「まさか、こないだの『片化粧』の後遺症ですか？」

「いや。たぶん違うな」

佐久さんはそこで初めて、私の方を見た。

「数が多かったんじゃないかな……」

「えっ？」

「あそこには、無数に胎児の霊が存在していた」

「はい」

「そういう場所ってね、たくさんの霊たちに引っ張られて、霊体が外に出やすくなるんだよ」

「そうなんですか？」

「でも、普通は霊体が外に出ることはない。引っ張られるだけ。しかし人間に憑いてきている霊がいる場合は違う」

「あの、言ってる意味がよくわからないんですけど」

「つまりね。病院に入った時、人間は五人いた。僕、君、雄作、メイコさん、チサト。だけどたぶん、霊体は六つあったんだ。僕、君、雄作、メイコさん、チサト……それ以外の霊、という勘定で」

「えええっ？　な、なんで？」

「霊の数が多いと、場が不安定になるんだ。人間の霊が一瞬引っ張られて外に出てしまう、なんてことも起こりうる」

「代わりに私の中に霊が入ったってことですか？」

「そうとは限らない。君が幽体離脱したのは一瞬だったしね。ただ、君にくっついてる可能性はあるな」

「くっついてるって……」

「憑いてるんだよ。霊が。もちろんその可能性があるのは君だけじゃない。病院に入った五人のうち、誰かに霊が憑いていたということだ」

「一体、誰にですか」

佐久さんは目を伏せる。

「あの時僕は胎児の霊を受け入れるのに夢中でね。そこまでちゃんと見てなかったんだ」

「そんな……」

「誰だろうね……一体」

佐久さんの目が、ぎらりと光ったように見えた。

「五人の中にいるのは間違いないけど。しかし、気配が消えていて、つかめない」

どきりと心が震える。

車外からは相変わらず、花火の音と喚声が聞こえてくる。少し顔を上げて窓を覗く。ユウがロケット花火を乱射している。メイコがそれを追いかけている。チサトさんは二人から離れて、線香花火をじっと見つめていた。

この中って……。

誰。

「わからないことがいくつかあるな」

佐久さんはマイペースに、ぼそぼそと続けている。

「一つ目。誰に憑いているのか」

すいと人差し指を立てて、私に示す。

「二つ目。何のために、憑いているのか」

今度は中指を立てた。二つの疑問点を指で示しながら、佐久さんはなおも考え込む。

「何かの悪霊？　いや、そこらの悪霊程度なら、僕と一緒に行動なんてできないはずだ。僕を見た瞬間、ケタが二つくらい違う霊感の持ち主だと気づくはず。それをわかった上で憑きつづけるほどバカな霊なんて想像できない。理屈に合わない」

佐久さんと私では、霊に関する知識量が違いすぎる。佐久さんの考えにちっともついていけず、私は口を閉じて、発言の続きを待つしかできなかった。

「いや、ひょっとして逆か？　僕と一緒に行動すること自体に、意味があったと考えると……」

しかし佐久さんは、その言葉を最後に黙り込んでしまった。

まるで凍りついたかのようにその姿勢のまま微動だにしない。

彼の頭の中でどんな思考が渦巻いているのか、私には想像もできなかった。

ノート❸

憑依霊の存在と、その合理的な解決について

あの肝試しから、一週間がたった。

日差しがどこか赤味を帯び始め、やかましい蟬の声がふっとやむ瞬間が増え始める。暑い。依然として暑いが、夏は確かに終わりに向かいつつあった。

夏休みもあと少ししかない。

メイコやユウとはたまに会って勉強したりするが、二人とも夏を満喫したという顔をしている。こないだの肝試しで「思い出」とやらを十分に作れたのだろう。肝試しの最中に気絶、花火は車内で見学という醜態をさらした私としては、何となく不完全燃焼の感が残っている。

あと一回くらい、どこかに行きたい。

しかしその目星もつかず、だらだらとする日々が続いている。


「あー。退屈だなあ」

私は喫茶店の机に顎をのせながら呟く。木製の机はひんやりとして気持ちがいい。

「言うにことかいてそれ？　暇なら少しでも問題集進めたら？」

私の横でメイコが言う。

「暇でも勉強はしたくないのおー」

「そう。好きにしたらいいと思うよ」

「うわあ、メイコ冷たい……」

「何とでも言って」

私とやり取りをしつつも、メイコの手は全く止まっていない。くそ。このがり勉女め。よし、メイコの邪魔をしてやろう。私はとっておきの変顔をして、メイコの前で待機する。さあ、早く振り向くのだ。少しでも笑ったら、お前の負けだからな。

「わり、遅れた」

どすん、と机に荷物が置かれると、ユウが席に座った。げ。

ユウと目が合う。

変顔見られた。

「……や、やあ」

バカにされるに決まってる。私は変顔を解除すると、平静を装って挨拶《あいさつ》をした。

「おす」

ユウはそれだけ言うと、ふうとため息をつく。

「…………」

なんか変だな。

いつものユウだったら、鞄から参考書を取り出してどかどかと積み上げ、やかましい音を立てながらノートに文字を書き殴り始める。勉強に飽きたら、私の方を見て憎まれ口の一つや二つ、叩いたりする。

しかし今日のユウは席に座ったまま何かじっと考え込んでいる。鞄はそのまま、買ってきたコーヒーにも口をつけない。

何より、私の変顔にノーリアクションだった。これはよほど重症なのではないか。

「おい」

私はユウの脇をシャーペンのお尻でつっつく。ユウはびくっと震えて、私を見た。

「おいって」

再度つつく。ユウは私をじっと見てはいるが、何の反撃もしてこない。

「どうした。いつもの突っ込みの鋭さがないぞ。恋でもしたか？」

「してねーっての」

ため息交じりにユウが答える。

ノートにひたすら英文を書き連ねていたメイコも、さすがにユウの様子がおかしいと感じたのか、顔を上げる。

「どしたの。ユウ君元気ないね」

「ん。まーな」

「どうしたどうした。やる気出せや」

私は煽る。ユウは面倒くさそうな顔を一瞬したが、すぐに真顔に戻ると、口を開いた。

「なあ。仙台行かないか」

私とメイコがフリーズしたのを見て取るや、ユウは慌てて補足した。

「あー。悪い。一から説明する。昨日さ、ロク……あ、仙台の実家に手伝いに来てる、じいやなんだけど。ロクから電話かかってきたんだわ」

ユウは頭をかきながら、続ける。

「家出してからも、ロクとはよく連絡取ってたんだ。というか、たまに報告しないと心配するからさ。ばあちゃんが死んだって話も、ロクが教えてくれたんだよ。でもロクの方から電話来るのは珍しいから、何かと思って出たわけ。そしたらさ」

　ハハキトク　スグカエレ　とでも？　私はそんな想像をしながら聞く。

「蔵の扉が開いたって、言うんだ」

　深刻な表情でユウは言ってのける。

「いや、ちょっと待て」

　私は思わず話に割って入る。

「何？」

「蔵の扉が開いたんだよね？」

「そうだよ。だから、閉めなきゃならない」

「いや、ロクさんが自分で閉めればいいんじゃ……」

「悪い。そこから説明しなきゃならなかったな」

　ユウは一人頷く。

「……うちが代々拝み屋って話は、したよな？」

「いや、初耳だよ」

　横でメイコも目を丸くする。

「仙台、月野鬼町。うちは昔からそこ一帯で拝み屋をやってるんだ。というのも、鳴神家の男子はみな、強い霊感を持って生まれてくるっていう性質があってな。ま、昔は拝み屋と言っても霊的な仕事ばかりでなく、医者とか、人生相談とか、そういう役目も一緒に担っていたらしいけれど。特に精神疾患のたぐいは、昔は病気だとは思われてなかったから、治療はほとんどうちでやってたってオヤジに聞いた」

「そ、そうなんだ」

「でだ。鳴神家が拝み屋をして数百年がたってるんだけど、当然その間にモノホンの呪物やら、悪霊の宿った物と出会うこともあるわけよ。そういった強力に霊的な物品……鳴神の用語では『オソロシモノ』って言うんだけど、『オソロシモノ』は簡単には解呪できないんだ。そういうものはまとめて一か所にしまっておく。いつか解呪する方法が見つかるかもしれないし、何より時間がたつこと自体がそれらの力を弱めるからね」

「まさか、それをしまってあるのが……」

　ユウは頷く。

「そう、その蔵なんだ」

「オソロシモノ」で満たされた蔵の、扉が開いた。それがどれだけ重大なのか、私にはわからない。それでもユウの険しい顔が、事態が容易ではないことを示していた。

「蔵は普通の蔵じゃない。呪物を管理するために、しかるべき場所でしかるべき方法で封印されている。先祖代々がそれを徹底してきたし、じいちゃんもオヤジも、丹念に管理してた。開くはずがないんだ。普通の方法では、絶対に。それが開くってことは、本当に……ヤバイんだ」

ユウは額に手を当てて、眉をひそめる。

「今、うちには母ちゃんとロクしかいない。鳴神の男子が不在なんだよ。鳴神の家に入った女性は、最低限の霊の知識くらいは持ってるが、霊感があるわけじゃない。対処するために、鳴神の男は戻らないといけない」

「じゃあ、佐久さんも」

「昨日、すでに新幹線で向かった。兄貴は現当主でもあるからな」

佐久さんが鳴神家当主。

ということは、お父さんはすでにこの世にいないのだろうか。私はそんなことを考える。

「ユウは、どうするの？」

「……ロクは、俺に甘いんだ。俺が家出して、母ちゃんは激怒した。二度と帰ってくるなとまで言い放った。でも、ロクは俺を心配してくれてる」

ユウは俯いて、こぼす。

「ロクは、俺に蔵が開いたことだけを伝えた。帰ってこいとは、とうとう言わなかった。ロ

ク は俺に任せたんだ。帰ってくるのもよし、帰ってこないのもよし……って」

声は少し震えているように聞こえた。

ユウがどんな事情で家を出たのかは知らない。でも今、実家が危機にさらされている。本当なら帰るべきだ。佐久さんが帰るのだからそれでいいとも言えるが、事態に対処できるのが男子だけなのなら……万一のことを考えて、ユウも帰るべきだ。

そこでロクさんから、帰っても帰らなくてもいいと告げられたユウ。そこに秘められた愛情と、距離感に、ユウは何を思うのだろうか。私はユウの気持ちを測りかねて沈黙する。

と、ユウは顔を上げた。

「俺、帰ろうと思うんだ。実家に」

その表情には決意が漲《みなぎ》っていた。

「そうなんだ」

「うん」

「……で、あの」

「ん？」

「仙台に行こうってのは……？」

「だから、よ。何ていうか」

ユウは顔を赤くする。

「一人じゃ恥ずかしいんだよ。どの面下げて玄関入ればいいのかわかんねーし……だから、友達連れて行きたいっていうか。俺、他にこんなこと頼める奴いねーし……」

「ぶふっ」

「おい、笑うな！」

「だって、その小動物みたいな目！　ダメ、笑うって」

私はこらえられず、声を出して笑う。

「お前な……」

ユウは悔しそうに歯噛《はが》みしている。メイコは呆れたような顔で、ポカンと口を開けていた。

「まあまあ、安心したまえ。一緒に行ってあげるから。ちょうど、もうひとイベント欲しいと思ってたとこなのよ。君は安心して仙台を案内したまえ」

私はユウの肩を叩く。

「来てくれるのか……」

よほど私は来ないと思っていたらしい。ユウの表情が少しゆるんだ。

バカ。そんな弱々しい表情してる奴の頼み、断れるわけがないじゃないか。

「それに私、お化けとか出るんだったらどこでも大歓迎だから！　そんな面白そうな話聞いたら、後には引けないっての。行くしかないでしょ」

　私は笑いながら、言う。

　ユウは一瞬ぽかんとしたが、今度は吹き出した。

「お前、単純だよな」

「なっ？」

「笑えてきた」

　ユウは歯を見せて、いつものように笑った。ちくしょう、人が優しくしてやればつけあがりやがって。くそう。ここはいっちょ、暴言でも吐かないことには収まらない。

　その直後、ユウが静かに言う。

「……ありがとな。カナ。感謝してる」

「ちょ、ちょっと！　何だよもう、バカにしたと思ったらいきなり感謝しないでよ。なにそのタイミング。上げたり下げたり、やめてよっ」

　何だか慌ててしまう。

　そんな私とユウを交互に見て、メイコが言った。

「もう二人、付き合っちゃえば……？」

　どういう意味だよ。

東京発、仙台行新幹線。

駅弁を買った私とメイコは、ホームでしりとりをしていた。

「コアラ」

「ラッコ……ねえカナ、恥ずかしいからやめない」

「コ、コップ。メイコ、恥ずかしいって何が？」

「プエルトリコ。いや……しりとりが。高校生にもなって、しりとりってどうなの」

「ど、どうして問題なの？　うち、家族全員でも楽しむけど……」

「コだよ、カナ」

「コ、コか。またコかよ……コーラ！」

「それ言った」

「くっ、覚えてやがったか。えーっとコ、コ、コ……」

慌てた足取りで、ユウが階段から姿を現し、こちらに近づいてくる。

「悪い悪い、遅くなった。自動販売機、並んでてさ」

「コ、コ、コ……」

「えーとメイコさんはアップルジュースだったよな。ほい。で、カナはお茶と」

「ありがとう、ユウ君」

「コ、コ、コ、コ……もうコはほとんど使っちゃったよ……」

私は必死であたりを見回す。そのへんにコから始まる名前の物体がないかを探して。しかし、そう都合よくは転がっていない。

「んで、カナは何やってんの……？　鶏の真似？」

呆れ顔で私を見るユウ。うるさい、黙れ。私は今忙しいんだ。

「しりとりだよ。今、私がコ攻めしてるの」

メイコが代わりに答える。

「しりとり？　しりとりにそんなに、真剣に……？」

ユウが天然記念物でも見るような目で私を眺める。ええい、お前に構っている暇はない。

「メイコ！　コーラグミって……ダメ？」

私が言うと、メイコは首を傾げる。

「うーん、微妙だな。それを許可したらコーラキャンディでも、コーラゼリーでも、何でもありになっちゃうじゃん」

「えー。せっかく思いついたのに……」

私は恨みがましい目でメイコを睨む。やれやれといった顔でメイコが頷いた。

「仕方ないな、じゃあ今回だけ、ありね。次からはそれ系はなしだよ」

よっしゃ。折れてくれた。

「ありがとう！　メイコ！　さ、メイコの番。コーラグミのミだよ。さ、どうするのかなあ。ミはあんまり残ってないよー、ふふふ」

「ミカヅキインコ」

「ぐおおおおおおお」

「お前ら、暇だな……」

ドリンク缶を開け、ユウはごくごくと飲み始める。

「ユウ君、その言い方はないんじゃない。ユウ君が一人で行くの寂しいって言うから、私たちついていってあげてるんだもの。感謝しなさーい」

メイコが冗談めかして言う。

「そうだったな。悪い。ありがとう、感謝はしてるよ。いや、でも二人ともついてくるとは思ってなかったなあ」

「コ、コ、コ……」

「え、なにそれどういう意味？　カナとユウで二人っきりの方がよかった？　私てっきりそれだと気まずいかと思ってついてきたんだけど……」

「うえ？　い、いや。そんなことないって。だからつまり……いや、俺何言ってんだろ」

あからさまに動揺するユウ。

「え？　まさか、ユウ君……」

メイコはニヤニヤ笑いながら、ユウを肘《ひじ》でつつく。

「や、やめろ」

ユウの顔がみるみる赤くなっていく。ぷいと余所《よそ》を向くが、全然誤魔化せていない。何やってんだお前。しかし今の私はコで始まる言葉を探すので精一杯だ。何かないか、何か。

「コ、コ、コ、コ、コ……」

「カナ、まだ思いつかないの？　もうギブアップでいい？」

「ダ、ダメだから！　もう少しで思いつくの、もう少しで」

「コで始まる言葉なんていっぱいあるのになあ。ほら、あの夜にぱたぱた飛んでる動物とか……他にも、体の部分の名前とかで……」

「か、体の部分？　え、ええ？」

「下の方だよ」

下の方？　下の方……。あ、わかった！

私は勢いよく叫ぶ。

「こかあああん！」

「いや、『腰』だって……」

　メイコと、

「『ん』ついてるし」

　ユウが、ほぼ同時に突っ込んだ。


　私たちを乗せた列車は、一路仙台へと突き進む。山をくぐり、川を越え、森を突き抜けて。

私は目まぐるしく変わる外の景色が面白くて、ずっと窓にへばりついている。

「ホームの中心で股間《こかん》叫ぶとか、女子高生としてどうなの。こっちまで恥かいちゃった」

　メイコがぼそりと言った。

「俺は爆笑だったけどな。カナ、お前ほんと面白いよ。存在がギャグ」

　ユウは売店で買ったせんべいをかじっている。

「全然褒められてるような気がしないんだけど」

「褒めてる褒めてる」

「ユウ君、仙台まで一時間半くらいだよね。仙台についたらその後はどうやって移動するの？」

メイコが腕時計を見ながら聞く。

「私鉄に乗り換える。青台線ってのがあってね、そこから月野鬼まで。さらにバスで、鳴神まで行く。だいたい三十分くらいかな」

「え、鳴神って……」

ユウの苗字じゃないか。思わず横を向くと、目が合ったユウが頷いた。

「ああ、俺の先祖代々の地だよ」

その口調には帰郷の喜びは感じられなかった。ユウは俯き、そのまま難しい顔で何か考え込んでいる。

「ねえユウ、聞いてもいい？」

「何？」

「どうして家出したの」

ユウはうっと詰まる。そしてしばらくして、口を開いた。

「お前ってストレートに質問するよなあ」

「だって、気になるじゃん」

「まあ、そうだよな……」

ユウは頭をかき、ぽつりと言った。

「数学が、苦手だったんだ」

ユウと仲良くなってそれなりの時間がたっている。ユウのことも少しはわかってきたつもりだ。ユウがはっきりと説明したことはなかったが、何となく家出の理由は推測できていた。家業が嫌だったから。兄の佐久さんと仲が悪いから。自分のルーツが嫌だから。そんなところだろう。雄作という名前を嫌がり、ユウと呼ばせるところも何となくそれを思わせる。

——名前のどこかにサクとつけるのが決まり——。

佐久さんは前にそう言っていた。つまり雄作という名前そのものが、ユウにとっては自分の家を象徴するものであり、同時にそれは思い出したくないものなのだろう。

しかし、今ユウが言った理由は、私の推測とは全く異なるものだった。

「数学が苦手……？　成績が悪かったってこと？」

メイコも予想外だったのだろう、聞き直す。

「そういうこと」

「でも、ユウ君テストの成績は悪くないじゃない。いつもクラスで十位以内には入ってるよね」

「あ、学校の成績じゃないんだ。鳴神家での数学……霊学の成績が、なんだよ」

「れいがく……？」

ユウは少し頬をかくと、どこから説明したらいいのかわからないが、と前置きしつつ、話し始めた。

「前も言ったけど、鳴神の家は代々拝み屋だ。悪霊から祟《たた》りまで、あらゆる霊的な事件に立ち向かい、解決してきた。一時は幕府の相談役も務めたという。様々な事例が蓄積されるうちに、霊に対する対処法は体系だてて整理され、一つの学問になっていく。もちろん霊感のない人間が学んでも何の意味もない学問だから、それは鳴神家の門外不出となっている。父が子にそれを教え、子はそれをさらに研究し、子孫に伝える。こうしてこの学問はひっそりと発展してきた」

門外不出……。

その響きに、ロマンを感じて私は身を乗り出す。

「同様のことは、他の家でもやってるんだよ。具体的な名前は言えないけど、西の大きな拝み屋では、極秘のお経として伝わっている」

「へ？　お経？」

「つまり形式上は仏教の一部として、霊の対処法がまとめられているんだ。このタイプの拝み屋は、坊さんの仕事も兼任してる。他にも、神道を応用している流派もある。神主の仕事を兼任しつつ、祝詞《のりと》として祓いの技術を持ってる」

「あー、わかるわかる！　悪い霊がついてる呪いの刀とかって、お坊さんや神主さんが除霊するんだよね！」

「んー、カナのオカルト知識はイメージ先行で、実態とはちょっと違うんだけどな……。そもそも除霊の技術は才能のある人間にしか伝授されないから、全員がそれをできるわけじゃないんだよ。まあ、イメージは合ってるけどな」

「ふうむ。なるほど、秘密の世界なんだね！」

「ああ。で、だ。鳴神家は坊さんでも、神主でもない」

「えーと」

「鳴神家は和算家だったんだよ。つまり今で言う数学者だな」

数学者……？

悪霊に立ち向かう数学者。全然イメージが湧かない。霊と数学とは全く相いれない世界に思える。と同時に、佐久さんの姿が思い出される。彼の中では数学と霊が同居しているように思えた。あの姿はまさに霊能数学者だ。

「鳴神家は普段は和算家として数学の研究をし、事件が起きた際には拝み屋として霊を祓った。そして霊の世界を、数学の技法を応用して研究する学問を作り上げた……それが『霊学』なんだよ」

「はいっ」

私は手を上げる。

「はい、カナくん」

ユウに指されて、私は発言する。

「全くイメージがわきません」

「だろうね……」

ユウはため息をつく。

「霊学の基本は、霊の世界を論理的に理解すること。数学のように、法則と定義とによって解き明かしていくんだ。この学問を習得するためには、数学ができないとダメだとされている。高い論理的思考力と、霊感とが両立された時、霊学を学ぶことが許されるんだ」

「うわあ、言ってることが全然わかんない……」

メイコも目を白黒させている。

「俺もわかんなかった。というか、俺はその前の数学を習得する段階で挫折しちまったからな」

ユウがもう一度大きなため息をつく。

「俺と兄貴は、じいちゃんに小さな頃から数学を叩き込まれたんだ。今でも覚えてる、縁側に木の机を二つ並べてさ、じいちゃんお手製の問題集を毎日解くんだよ。でもその内容がえぐい。小学生に微分方程式とかやらせるか普通？　解き終わったら遊びに行ってよし。でも、俺は全然わかんなくってさ……。時間がかかりすぎて、足がしびれてくるわけ。オヤジも、じいちゃんも、兄貴もみんなスラスラ解くんだよ。わかるかなあ、じいちゃんなんて国から勲章もらうクラスの数学者だしさ。兄貴は、ろくに授業も出ないくせに数学科のホープだろ。俺だけ、ダメだったんだ」

「そう、なんだ……」

寂しそうな顔をするユウ。

「みんな優しくてさ。みんなそれぞれの切り口で俺に数学を教えようとする。ほとんど怒ったりしないんだ。それが逆に辛《つら》かったな。鳴神の家では、男は数学ができて、霊感があって一人前ってところがあってさ。みんなが俺を出来損ないって見ているような気がしてくるんだ。でも家族としては優しくてさ……居心地が悪かったな。あの、もやっとした変な膜に包まれているような感覚、嫌だった」

わかるような気がする。私はユウに同情する。

「自分の生まれを呪ったよ。鳴神の家になんて生まれなければ、俺は好きなように生きていけたんだ。数学が苦手でも他のことができたし、変な劣等感も覚える必要はなかった。嫌だ嫌だと思って毎日過ごしてたよ。で、そんなある日さ。オヤジが、死んだんだ」

その淡々とした話し方にドキリとする。

「当然後継者の話になるんだよ。村長とか、昔からお世話になってる紹介屋とか、親戚とか……そういう人がぞくぞく家に集まってくるんだ。俺は緊張してたよ。その時俺は、鳴神の数学力の基準を半分もクリアしてなかった。兄貴は同じ年の頃、すでに霊学をマスターし、拝み仕事に出るくらいになってたのにさ。自分の出来の悪さがみんなに知られてしまうと思って、怖かったんだ」

ぐいとユウがこぶしを握り締める。

「そうしたらさ。家の座敷に、ずらっと何十人もいる中でさ。母ちゃんも、じいちゃんも、ばあちゃんも、もちろん俺も見てる前で……兄貴が、何の躊躇《ちゅうちょ》もなく言ったんだ。『第十八代鳴神家当主、鳴神佐久です』ってさ」

ユウは自嘲気味に薄笑った。

「もちろん満場一致で迎え入れられたよ。みんな喜んでた。兄貴の優秀さはすでに町中の知るところだったし、これで安心だって思ったんだろうな。家族のみんなもほっとしてた。俺も同じだ。俺が継がなくてよかった、その事実に安堵していた」

ユウのこぶしは小さく震えている。

「でも、すぐに気付いたんだ。兄貴は、当主とか嫌いなはずなんだよ。あいつマイペースだし、世のため人のため尽くすような役割は嫌悪すらしてる。ただ自分の好奇心をひたすら追求したい、そういうわがままな奴なんだ。でも兄貴は……俺が、困ってると思って、兄貴は……俺をかばったんだ。俺をかばって、鳴神を継いだんだ。それがわかっちまったんだよ」

私もメイコも、一言も発せずにユウの話を聞く。

ユウが口を閉じると、がたんがたんと、列車の音だけが響く。

「それが、悔しくてさ。腹立たしくて。何ていうか、自分をすっごく弱く感じたんだ。俺は不出来なだけじゃなく、兄貴とか、ばあちゃんとか、じいちゃんとか……色んな人に守られてやっと生きているってことを痛感したんだ。あの兄貴は、立派に鳴神を継いだっていうのにだよ」

ふう、とユウは息を吐く。

「だから……一人でどこまでできるのか確かめたくなったんだ。どうしても」

それで家出したのか。

一人で東京の高校に入り、家を借り、生活費を稼いで。サクの名を封印して、鳴神と決別して……。

どれほどの決意だっただろう。どんな心境だっただろう。

同じクラスに、そんな思いで高校に通っている人がいたなんて。想像もしていなかった。

ユウは、最初からずっとそういう気持ちだったんだ。私と出会った時から、ずっと……。

「うおっ？　ちょ、ちょっと、カナ、どうした！」

「え？」

ユウが慌てた様子で私を見る。

「どうがじだ？」

「いやいやいや、ほら、これで顔拭けっての」

差し出されたハンカチで、私は顔を拭う。じとっと温かい液体が染みこんでいくのがわかる。あ……。

いつの間にか私の目から、大量の涙があふれていた。

「うああ……道理で視界がぼやけていたわけだ」

「お前、なあ……お前が泣くのを見るとは思わなかったよ。単なるおちゃらけた奴だと思ってたのに」

「く、くそう。泣くつもりなんてなかったんだもん。ユウが変な話するからいけないんでしょ！　アホ！」

私は涙声で言う。

「ご、ごめん」

「くううう……不覚すぎる。めっちゃ感情移入しちゃった。いや、でもユウ、君は頑張った。えらい。よくやったよ、本当に。褒めてあげる」

「ありがとう。いやでもカナ、とりあえず落ち着けよ……。酒でも入ってんのか？　水飲む？」

「……飲む」

ユウがペットボトルのキャップを外して差し出しつつ、私の頭をぽんぽんと軽く叩く。やめろー。うまく飲めないだろう。

「本当、早く付き合えってば……」

さっきから私たちを冷静に観察していたメイコが、ぼそりと言った。

二回の乗換を経て、私たちは「鳴神」と書かれたバス停留所に降り立った。停留所には木製の屋根があり、同じく木製のベンチがいくつか並んでいる。机には薬缶《やかん》が一つと、湯呑がいくつか伏せて置かれていた。

「あーいい天気」

私は停留所から出て、思い切り深呼吸をする。青空はどこまでも澄み渡り、もくもくと伸びあがった入道雲は真っ白に輝いていた。

「気持ちいいねえ」

メイコも伸びをした。アスファルトで覆われてほとんど地面が見えない東京と違い、ここの大地にはどこまでも土と草が続いている。私たちの鼻先をトンボが突っ切り、下を見れば蟻が蝶の羽を必死に運んでいる。あたりの畑や空き地には、無数の植物と昆虫たちが潜んでいるだろう。都会とは別の賑《にぎ》やかさが、ここにはある。

湿度は低く、気温の割には涼しい。

「ユウの故郷、いいところじゃんー」

私はそう言いながらユウの顔を見る。ユウは言葉は発せず、微笑んで頷いた。

その顔は青く、緊張の色が見える。

「どうしたの？　家に戻るのが怖いの？」

「いや……それは覚悟できてる」

「腹でも痛いの？」

「違う」

ユウはあたりをきょろきょろと見回すと、額にしみ出した汗をぐいと拭った。

平和な田舎そのものでしかない光景の中で、ユウだけが不穏な表情をしていた。

「嫌な予感がする」

「急ごう」

ユウは私たちの荷物を担ぎ上げると、率先して歩き始めた。

私とメイコは顔を見合わせつつ、その後に続く。どこまでも続く砂利道を、私たちは無言で進んでいく。時折トラクターが通りすがり、運転手がこちらを物珍しそうに眺めた。


ユウの実家は、とてつもなく大きな家であった。

田んぼの中に白い塀に囲まれた巨大な屋敷が見えた時は、それを学校か何かかと思ったほどだ。近づき、門に「鳴神」という立派な表札が見えた時には、思わずまばたきをした。

少なくとも三つはあるだろう蔵を含め、無数の瓦《かわら》屋根が立ち並ぶ様はまるで城を思わせる。

その合間に巨木が何本も立ち、葉を茂らせていた。

「……すっご」

「ヤバイね」

私はメイコと頷き合う。田舎の家は大きいものだとは予想していたが、想像をはるかに超えた大きさであった。

門の前には、白いひげを蓄え、地味な柄の和服を着た男性が一人立っている。彼は微笑みながら、近づいてくる私たちを見ていた。そして、ぺこりと頭を下げた。

「雄作様、お待ちしておりました」

穏やかではあったが、滑舌の良い、芯の強さを感じさせる声だった。

「ロク。出迎えはいらないと言ったのに」

「いえ、ちょうど庭の様子が見たいと思って外に出たところでございます」

ロクと呼ばれた老人は小柄だが姿勢が良く、見た目以上に大きく感じられる。

「よく言うよ。あ、こっちの二人は僕の友達だ。電話でロクには伝えておいたと思うが……」

「存じております。お手伝いをさせていただいている、芳六と申します。どうぞ、ロクとお呼びくださいませ」

ロクさんはにこやかに頭を下げた。私たちも会釈する。

「さて、早速で申し訳ありませんが、ご友人二人は西の離れに泊まってもらうのがよろしいかと思います」

ロクさんの言葉に、ユウは少し驚いたような顔をする。

「あれ？　北の離れは使えないの？」

「蔵の扉が開いております故」

「あーそうか。扉の開いた先は北側になるのか」

「念のため、でございます」

「わかった。確かに直接面する場所は避けた方がいいよな。ありがとう……母さんは？」

「今は仙台の家に避難してらっしゃいます。佐久様がその方がいいと」

「結構慎重だなあ、兄貴。確かにその方がいいかもしれない。で、兄貴は？」

「蔵で物品を検分しておいでです。雄作様も、お手伝いされるとよろしいかと」

「すぐ行くよ」

そこまで話すと、ユウは私たちの方を向いた。

「えーと、悪い。二人の寝床が西の離れになった」

「……そこって、何か問題があるの？」

「一言で言うと、ぼろい」

ユウはあっさりと口にした。

ぼろいのはあまり嬉しくないなあ。というか、嫌だ。

「さてと。俺は早速、蔵を見に行くよ」

「ご一緒します、雄作様」

ユウはそのへんの縁側に荷物をどすんと置くと、ロクさんを引き連れて歩き出す。

「あ、ちょっと待って。私も行く」

私も荷物を放り出して飛び出す。ロクさんの表情が少し曇った。

「猿倉様。怖い思いをするかもしれませんよ」

「望むところです！」

私の元気いい返事に、ロクさんは不思議そうな顔をする。

「カナは霊に興味がある奴なんだよ。ま、これくらいなら平気だろ」

「雄作様。確かに蔵の前まで行く程度なら、アタることはないと思いますが。でも、猿倉様。蔵の中には入ってはいけませんよ」

「わかりましたっ！」

私はもう一度声を張り上げる。

ロクさんは人差し指を立て、約束ですよ、と言うように私に示した。

「じゃあ、行くか」

私たちはユウに続いて敷地内を進んで行く。ユウも、ロクさんも、深刻そうな表情をしている。ふと横を見ると、メイコまで青ざめていた。

「メイコ、どしたの？　トイレでも我慢してる？」

私が聞くと、メイコが信じられない、という顔でこちらを見た。

「カナ、怖くないの？」

「え？　別に」

「こっちから、凄い嫌な感じするじゃん」

メイコは進行方向を指さした。その先には小さな石造の蔵が見える。あれがユウの話にあった「オソロシモノ」を封じてある蔵だろうか。しかし多少古びてはいるものの、至って普通の蔵である。横に立つ樹木の影がかかり、穏やかな空間を作り出していた。弁当でも持っていたら、あの蔵の陰で一休みしたい。

「何にも感じないけれど」

「…………」

メイコは私の顔を穴のあくほどに見る。

「カナ、霊感ないって言ってたけど、これほど鈍感とは思わなかった」

「メイコは霊感あるの？」

「いやあ……ないと思う。今まで、霊とか見たことないもん。でもあの蔵は嫌な感じする。何か、近づいちゃいけない気がする」

メイコの顔は真剣だった。これほど暑いというのに、鳥肌まで立てている。私の肌にはだらしなく汗が流れているというのに。

「体調がお悪いようでしたら、無理せずご休憩された方がいいと思いますよ」

ロクさんがメイコを気遣う。

「あの蔵から近寄りがたいものを感じるのは、おかしいことではありません。打ち捨てられた腐乱死体に近づきたくないというのは、人類共通の感覚なのです」

「ふ、腐乱死体？　腐乱死体が蔵の中にあるって言うんですか？」

「これは失礼。言葉が悪かったようです。もちろん、死体はありません。しかし、真に恐ろしいのは死体そのものではないのです。そこに存在する精神的なものが恐ろしいのです。スーパーに並んでいる牛肉に恐怖を感じずとも、刑場跡では何か居心地の悪さを感じる方が多いように」

「精神的なもの……」

「あの蔵に収められているのは、まさにその精神的なものです。とても濃く、重く、そして厚く積もった雪のような、それです」

メイコが青白い顔でまばたきをする。

「あちらで少しお休みされてはいかがでしょう」

ロクさんは優しく微笑み、母屋の縁側に向かって片手を上げる。

「すみません、そうさせていただきます」

メイコはふらふらとそちらに向かって歩き出した。本当に気分が悪そうだ。

「猿倉様は……」

「私は大丈夫です！」

近寄りがたい感じゼロ。気分は爽快、体調は健康。私はいつでも行けます。

「そうですか。猿倉様はたくましいですね」

ロクさんは笑った。

なんだよ。それじゃまるで、私が変な人みたいじゃないか。


蔵の前まで来ても、特に嫌な感じなどはしない。

ただ、この蔵が特別なものだということは私にもよくわかった。まず、蔵の周りに縄が張り巡らされていて、人が入れないようにされている。さらに蔵の周囲には雑草が全く生えていない。日当たりは良いのに不思議だ。よく手入れされているということかもしれないが、植物までもが蔵を避けているようにも思えた。

さらに注目すべきは、その扉であった。

扉は重厚感のある木材でできていて、一目でかなりの年代物であることがわかる。それに七つの太い閂《かんぬき》がつけられている。入口脇には大きな南京錠がいくつも、開錠された状態で並べられていた。普段はこれでがっちりと閉じられているのだろう。

「雄作様。今、佐久様が中に入ってらっしゃいます」

「わかった」

私はユウとの会話を思い出す。この蔵の扉が開いたから、佐久さんとユウは実家に帰ることになった。その時はそんな大げさな、と思ったが……こうして目《ま》の当たりにしてみるとその異常さがよくわかる。

この扉が、施錠された状態の扉が、自然に開くなど……ありえない。

よほど、超常的なことがない限りは。

私が扉を凝視していると、その黒い木材の表面が少し歪んだように感じられた。

「…………」

歪みは少しずつ広がり、ややあってそれが扉がゆっくりと開いているためだと気づく。固唾《かたず》を呑んで見つめていると、扉に数センチほどの隙間が生まれた。あの隙間は、蔵の中と繋がっている。「オソロシモノ」が封じられた、蔵の中に……。

その時、私は見た。隙間からこちらを窺っている眼球を。その目は私と一度視線を合わせると、少しだけ瞳孔《どうこう》を開いた。

蔵の扉が開ききった。

中から、足音を立てずに男性が進み出てくる。

佐久さんだった。

普段のだらしない格好ではない。真っ白の狩衣《かりぎぬ》をまとい、同じく白の袴《はかま》をつけている。その姿は神主を思わせるが、冠はかぶっていなかった。脇に何か巻物のようなものを携えている。表情は穏やかだが、視線は鋭い。どこに焦点を合わせているのかわからないが、すべてを見通していそうな光をたたえている。

奥深い森で幻獣に遭遇したような緊張が体を走っていく。

佐久さんは汗一つかいていない。いや、それどころか佐久さんが現れてから、周囲の気温が下がったような気さえする。彼の肉体から静かで冷たい粒子が無数に放たれているようだった。

ふいと、幻獣がこちらを見る。

「来たんだね」

佐久さんは軽く手を上げて挨拶する。その所作もまた、神々しい。私は思わず、頭を下げた。

佐久さんは後ろを向くと、巻物を丁寧に床に置いた。そして立ち上がり、今自分が出てきた扉に手のひらを這《は》わせる。体全体を使うようにしてゆっくりと扉を閉める。閉じきったところで、軽く蔵に向かって礼をした。

「佐久様。施錠は？」

ロクさんが歩み出る。

「今はいらない。また入るかもしれないから。それに、『オソロシモノ』が扉を開けたのだとしたら鍵は無意味だよ」

佐久さんは微笑みながら、蔵の階段を一つ一つ下りてくる。そしてその足が地面と接触した。

ひゅうと風が吹き、あたりの葉がざわざわと揺れた。

透き通った湖に、たった一つ氷のかけらが落ちる。その落ちた点から水がばりばりと凍りついていき、やがて湖すべてを覆っていく。そんなイメージが頭の中を走り抜ける。

何だかわからないが、拝み屋の当主とはこういうものなのだと思った。

「兄貴、どうだった？」

ユウの問いかけに佐久さんは答えない。代わりに、別の質問を返した。

「どう感じる？」

「どうって？」

「雄作、君の意見が聞きたい」

佐久さんはいたずらっぽく笑う。謎かけのような言葉にユウは少し顔をしかめたが、すぐに口を開いた。

「……何か変だな」

「何が変？」

「兄貴が扉を閉めたら、嫌な感じがしなくなった」

佐久さんは頷いた。

「やはりそうだよね」

あの、扉を閉める前でも、後でも、別に変な感じはしないんですけれども。しかし真剣に話している兄弟の邪魔にならないよう、私は黙っておく。

「ロク、目録はこれですべてだな？」

佐久さんは巻物を取り上げて言う。

「はい。蔵内の物品目録はそれがすべてでございます。何か不足が？」

「いや、物品に過不足はない」

「……ございませんでしたか？」

ロクさんも、ユウも意外そうな顔をする。

「二回確認した。蔵からなくなったものはない」

面白くなってきた。そんな表情の佐久さん。

「扉が開いたということは、中から何かが出ようとした可能性が高い。実際、今まで扉が勝手に開いた事例を確認すると、すべてそのパターンだ。物品自体が忽然《こつぜん》と消えるケースと、手近な人間に『憑依《ひょうい》して』盗み出される形で外に出るケースとがあるが……今回は違う。何かが出ようとしたのに、何も外に出ていない」

「……はて」

ロクさんが顎に手を当て、首を傾げる。

「だから嫌な感じが消えたのか」

ユウの言葉に、佐久さんが頷く。

「そう。この蔵は扉を閉じることで、中の霊気が外にほとんど出ないような仕組みになっている。つまり……今は、すべての『オソロシモノ』が蔵の中に封印されている状態だ。外に『オソロシモノ』は出ていない、ってことだよ」

「……すると、ただ蔵の扉が開いただけ、ということですか……？　しかし、そんなことが……？」

ロクさんが混乱した様子で質問する。

「中にいるやつらも、たまには換気でもしたかったんじゃないかな」

佐久さんは緊張感のない声で笑う。

「はあ……いや、しかし……」

ロクさんはその場に立ち尽くしたまま、しきりに何か考えている。

「ロクは心配症だな。ま、そんなに気にすることないよ。僕もしばらくここに滞在する。何かあったらその時に対処すればいい」

「佐久様がそうおっしゃるなら……」

「うん。じゃ、ちょっと着替えてくるね。あ、君たちも来てくれるかな。せっかくだから、話でもしよう」

佐久さんは懐から扇子を取り出し、すいと広げ、私たちに向けて手招きのような動作をした。

姿勢よく滑るように歩く佐久さんに続き、私とユウは母屋の中へと入る。外から見ても大きいが、入ってもまたその大きさに驚く。廊下はどこまでも続き、襖《ふすま》で区切られた畳張りの部屋がいくつも続いている。一体何十畳あるのだろう。

お手伝いさんを雇っているなんて、何となくものぐさな金持ちを想像していたが……これは確かに掃除などを手伝ってくれる人がいなければとても維持できない家だ。

佐久さんは何度か廊下を曲がると、囲炉裏《いろり》のある部屋に入った。私は古い日本家屋の構造が面白くて、あちこちをきょろきょろと見てしまう。天井が高く、太い梁《はり》が飛び出している。天井を覆っているのは藁葺《わらぶき》だろうか。夏は涼しそうでいいけれど、冬は寒そうだなあ。

「適当に座って。楽にしてていいよ」

座布団を勧めてくれる。私たちは囲炉裏を囲むようにして腰を下ろした。開け放たれている襖から風が吹き抜けていき、どこかで風鈴が鳴る。

喉が渇いた私は、置かれている薬缶から湯呑にお茶を注《つ》ぎ、すする。

冷たいほうじ茶の香りが嬉しい。

「あ、俺も」

ユウも湯呑を取って私に出す。自分で注ぎなさいよ、もう。仕方なく私はユウの湯呑にもお茶をいれてあげる。佐久さんはそんな私たちをじっと見て、言った。

「仲がいいんだね」

「いえ、そうでもないです。ところで佐久さん」

「ん？」

「メイコも呼んできてもいいですか？　今、縁側の方で休んでいると思うんですけれど」

「いや、その必要はない。というか、呼ばないでくれ。それから……もう少し、近づいて」

佐久さんはひそひそ声を出す。

「え？　内緒話ですか？」

佐久さんは頷く。

「まさか、兄貴……」

「ああ」

佐久さんは再び真剣な口調に戻っている。

「もちろん、蔵の扉がただ開くなんてことは、ありえない」

「……やっぱりかよ。さっきのは方便か」

佐久さんは目だけで笑うと、続ける。

「この三人だけで話したいことがあったもんでね。さて、どういう目的で、扉は開かれるだろうか？　外に出る時が一つ。もう一つが……」

「……中に入る時」

「その通り。蔵の扉は、中に入れるために開かれた。蔵は誰かを呼んでいる。目的は不明だが、何かをここに引き寄せ、取り込もうとしている」

「相手って……？」

　私が聞くと、佐久さんはこちらをじろりと見た。

「君たちだよ」

「えっ？」

「カナさん。メイコさん。二人のどちらかが呼ばれたと僕は考えている。蔵の扉が開けば、僕や雄作はここにやってくる。しかし君たちが来る理由はない。変だと自分で思わないか？　なぜわざわざ、こんな遠くまで、このタイミングでやってきた？　呼ばれているとは思わないか？」

「まさか……」

　ユウの顔が青ざめる。

「二人はどういう理由でここに来ることになったか、教えてもらえるかな」

「それは、俺が誘って……」

　ユウが言うと、佐久さんが眉をひそめる。

「君が誘ったのか。ではその時、ここに来ることに積極的な反応をしたのは誰だったか覚えているか?」

　ユウは考え込む。私は口を開く。

「話を聞いてすぐ、私は行こうと決めました」

「そうなんだね。メイコさんの方は?」

「メイコは、後から『私も一緒についていってあげる』って言ってきました」

「なるほどね」

　佐久さんはうんうんと頷きながら話を聞いている。

「……ところで、メイコさんは縁側で休んでいると言ったね。体調でも悪いのかな?」

　佐久さんの目がきらりと光る。

「そうですね。蔵に近づくのが嫌と言っていました。凄く青ざめてたんで、休んだ方がいいとロクさんが言ってくれて、それで……」

「なるほど。蔵が怖い、か。まあ普通の人なら何となく怖いかもしれないね」

　佐久さんは何か考えているようだ。

「兄貴。引き寄せられているのはカナとメイコさんどっちなんだ? カナは蔵を全然怖がっていなかった。ということは……普通に考えれば、蔵に魅了されているのはカナの方?」

　身を乗り出すユウを、佐久さんは手を出して制する。

「まだ結論を出すのは早い。もう一つの考え方もできるんだよね。メイコさんは蔵が怖いと言った。そこに近づけないと言った。青ざめ、具合が悪くなるほどに避けたかった。……それは本当に蔵が怖かったんだろうか？」

どういう意味だろう。

私は佐久さんが続きを言うのを待つ。

「あの時、蔵の中には僕がいた。鳴神家当主の僕が。もしかしたら僕が怖かったんじゃないか？　つまり、僕がいる状態の蔵に近づくのは、彼女にとって都合が悪かった……」

そしてニヤッと笑う。

私とユウは黙り込む。

「何となく、メイコさんが今回起きたことの鍵を握っている気がするんだよね。これから僕は、彼女と少し話してみる。二人は……そうだね、今話したことは秘密にしておくように。メイコさんには何も感づかれてはならない。いつも通り接することを心がけてくれ」

佐久さんは私たちに簡潔に指示を出しながら、ニタニタと笑った。

何か悪巧みをしている顔だった。

「ねえ、ユウ」

「ん？」

「さっき、佐久さんが『取り込む』とか『呼ばれてる』とか言ってたけど……それってつまり、どういうことなの？」

佐久さんが去った囲炉裏で、私はユウに聞いてみる。

「んー」

ユウはお茶の入った湯呑をくいと傾けてから、口を開く。

「憑依霊って聞いたことない？」

「あるある！　他人に取り憑いて、操っちゃうやつ！」

「つまりそれさ」

ユウは私の方を指さす。

「え……それってつまり、私かメイコに霊が取り憑いてるってこと？」

「そう」

ユウはこくりと頷いた。

「ど、どうやって……」

「それが問題なんだよなあ」

ユウは顎に手を当てて首をひねる。

「憑依霊ってのはほとんど、記憶の塊みたいなものなんだ」

「記憶の塊？」

「例えばさ……お茶飲みたい飲みたいって思いながら、俺がここで死んだとするだろ」

　ユウは湯呑を持ち、妙なことを言い始める。

「うんうん。それで？」

　私は笑いをこらえながら先を促す。

「そんでここに俺の亡霊が生まれたとする」

　ユウはいかにも幽霊のような、妙な手つきをしてみせる。

「ほ……ほほう」

「で、ここにカナがやってきて、俺の遺品の湯呑を見た。何か惹《ひ》かれるようなものを感じて、食い入るように見る」

「はいはい。見ますと」

「その湯呑は、俺が死ぬ寸前に持っていた湯呑だ。それに興味を持つことは、俺に興味を持つことに等しい。亡霊の俺と、カナの間に『縁』ができる……どこまでも壁だけが続いていた空間に、扉ができるんだ。そして、俺はカナに憑依する」

「き……筋トレしなきゃ！　筋トレ！」

「何で俺が憑依するとそうなるんだよ。俺はお茶が飲みたくて死んだんだから、憑依された奴もお茶が飲みたくて仕方なくなるの。そういう気分になるの」

「お茶が飲みてえ。飲みてえ」

「そうそう、あってる。憑依っていうのは結局こういうことなんだ。亡霊の側と、憑代の側に『縁』ができてやっと完成する。しかも取り憑かれたカナを、俺が自由に動かせるわけでもない。あくまでできるのは『お茶を飲む』ことだけ。遺品の湯呑だけで『縁』が繋がっている以上、他の行動をさせると『縁』が切れてしまう」

「ん？　そんな限定的なもんなの？」

「そんなもん。憑依霊の力って凄く弱いんだよ」

「なんか、取り憑いて他の人間を殺させたりとか、自殺させたりとか……そういうのがいるって聞くけど」

「んー。もちろん『暴れたい気分にさせる』とか『死にたい気分にさせる』霊はいるけどな。あくまでそれを行動に移すのは自分自身なんだ。霊はそんな気分を煽るだけ。心が不安定な時に取り憑かれたら、実行しちゃうこともありえるだろうけど、まあレアケースじゃないかな」

「そうなんだ」

「よく『気を強く持てば大丈夫』とかって言うだろ？　あれってその通りでさ、自分は死なない！　とか、強く念じていれば憑依されてもどうってことないんだ。俺の亡霊だって、カナが『いや、今お腹いっぱいだからお茶もういいや……』って思ってたら、もうそれ以上影響を与えることはできない」

「ユウの亡霊めちゃ弱いね」

「いや、俺の亡霊の強弱はどうでもいいだろ。問題は……それだけ限定的な力しか持たない憑依霊が、いつ、どうやってカナやメイコさんと『縁』を持ったかなんだよな」

「縁ねえ」

私はふうとため息をついてみる。

蔵への縁。心当たりはない。オカルト話を読んだり、集めたりしているうちに縁とやらを作ってしまったのだろうか……？

「カナはあれだけオカルトに首突っ込みまくってたからな。どっかで縁を作ってもおかしくないとは思うんだけど。メイコさんはあまりそういうのに興味なさそうだったし」

ユウは私のことをじろりと見る。

「何？　その目。私を疑ってんの？」

「いや、一ミリも疑ってねーよ。お前、何かに取り憑かれてるようには全く見えないからな」

ユウはそう答えると、まるで外国映画の刑事がやるように「やれやれ」のポーズを取ってみせた。

「んだとう？」

私は食ってかかる。理由はわからないが、バカにされた気がした。

「だってお前、霊が憑いてるにしちゃ呑気すぎだろうよ」

「わかんないよ？　凄い悪霊が憑いてるかもしれないじゃん！」

「お前にそんなの憑いてたとしたら、世も末だよ」

ユウはけらけらと笑う。

「うぬううう」

どう言い返していいかわからず、私はユウを睨みつけた。


どこかで風鈴がきんと鳴った。

音の方向を探していると、東側の縁側でメイコと佐久さんが何か話しているのが見えた。

メイコは座っていて、佐久さんは立っている。

「メイコ、元気になったのかなあ」

私は言う。

「見に行ってあげれば」

ユウがお茶をすすりながら答えた。

「そうだねえ」

私は立ち上がり、メイコたちの様子を窺った。話がいち段落したら、メイコに声をかけに行こうか。

その時、メイコがこちらを見た。顔色は相変わらず悪い。その目には、どこか怯《おび》えたような光がある。まだ気分が良くないのだろうか。私は軽く手を上げてみせるが、メイコは目を伏せた。そして、足元に置いた自分の荷物を持ち上げると、そのまま部屋の奥の方へ歩き出してしまった。

メイコとは異なり、佐久さんは私たちの方へのんびりとやってくる。首を傾けてこきこきと鳴らしながら、片目でウインクをしてみせた。

「どうだった、兄貴」

「メイコさんと話してみてよくわかった。やっぱり、メイコさんに『憑いている』」

「メイコさんに霊が？　全然気付かなかった」

ユウは驚く。

「メイコに霊が？　なにそれ、めっちゃ楽しそう！」

私は喜ぶ。

「お前、喜んでる場合じゃないだろ」

ユウは私に言うが、佐久さんは笑う。

「君らしいな。カナさん、そんなクソ度胸の君に一つお願いがあるんだ」

「え、なんですか？」

「これから、メイコさんに憑いている霊を祓う儀式をする。そうだね、準備とかがあるから夜になるかな。あと数時間。その間、メイコさんを見張っていてくれないか？」

「見張る、って……？」

佐久さんはメガネの位置を直しながら、続ける。

「メイコさん、逃げちゃうかもしれないんだよね」

逃げる？

「今のメイコさんはね、霊が憑いているために正常な精神状態じゃないんだ。僕に祓われる気配を感じたら、ここから逃げ出すかもしれない。家に帰る程度なら追いかけようもあるが、野山に逃げ込まれたら厄介だ」

「…………」

メイコが、そんなことをするっていうわけ？

「ロクや雄作が見張ってもいいんだけど、明らかに不自然だからね。その異常に、霊の方が感づく危険性がある。今はまだ相手に、祓いの儀式を用意していることを悟られたくないんだ。友達の君に、あくまで自然に監視してもらいたいわけ。わかるね？　大事な役目だよ」

「な、なるほど……」

思ったよりも難しいことを任されるようだ。大丈夫だろうか。

私の不安そうな顔を見たのか、佐久さんは人差し指を立て、小さな声を出す。

「一つ、コツを教えてあげよう」

「憑依霊というのはね、実に弱くて、そして素直な霊なんだ。人に取り憑いて悪行を為《な》すというイメージから、狡猾《こうかつ》で強力な霊を想像するかもしれないね。でも実態は違う。憑依霊はそもそも、誰かに取り憑いていることに、気が付いていないのがほとんどなんだよ」

「気が付いていない……？」

「つまり、なりきっちゃっているわけだ。自分がメイコという人間だと確信している。本当は偶然に引き寄せられて、取り憑いただけの存在なのに」

「そんなことありえるの？」

「ありえるんだ。人間は誰だって、自分が本当に自分かどうかなんて、考えもしない。そんなの、考えるまでもないことだと思ってる。それは死んだ後、霊になってからもそうなんだ。ほとんどの霊は、取り憑いている相手と自分を混同してしまうんだよ……だからね、祓う瞬間までその事実を霊に気付かせてはならないんだ」

佐久さんはぐいと顔を私に近づける。

「自分が祓われると気付いたら、霊だって傷つく。自分が自分だと思っていたものが、そうではなかったわけだから。そうなったら、何をし始めるかわからない。取り憑いた体を使って暴れるかもしれない。死なばもろともで、体を傷つけるかもしれない。自棄《やけ》を起こして他人を傷つけるかもしれない……」

その白くてきめの細かい肌を目の前にして、私は少しだけドキドキする。

「それは霊にとっても、人にとっても、不幸なことだよ」

佐久さんは長いまつ毛で一度だけまばたきすると、私と距離を取った。

「わかったね。見張るコツはつまり、愛を持って見張ること。相手を傷つけなければ、こちらも傷つけられはしない。そこに注意して……メイコさんを、見ていてあげるんだよ」

「わ、わかりました」

佐久さんはにこりと微笑むと、ぽんと私の背中を叩いた。

簡単に言われたけれど、何だか結構難しいような気がする。

私は少し、緊張するのを感じた。

「メイコ、ここにいたんだ」

メイコのそばに行って、私は声をかけた。佐久さんやユウが祓いの儀式の準備を終えるまで、彼女を監視するのが私の仕事だ。しかも、監視していることに気付かれてはならない。うまくできるだろうか。

「…………」

メイコは私に背を向けて座り込んでいる。その目は携帯電話をじっと見ているが、画面には何も映っていないようだった。

「メイコ……具合はどう？　気分、良くなった？」

「あ、うん。大丈夫」

メイコは姿勢を変えずに言う。少しそっけないけれど、いつものメイコの声だった。

「そ、そう。よかった」

「うん」

「…………」

会話が続かない。

いつものメイコだったら、何も考えなくたって話題が尽きないのに。

「ね、ねえメイコ」

「……………」

「今日、蟬の声凄いよね」

「そうだね」

「うん」

私は改めてメイコを見る。佐久さんは、彼女の中に霊が入っているという。ではこのメイコは、どこまでがメイコなのだろうか。どこまでが霊なのだろうか。顔も、目も、仕草も、いつもと同じようにも見えるし、かすかに以前と違うようにも見える。

「……カナ？」

メイコが少し不審げに私の顔を見上げた。

いけない。観察していることに気付かれてはならない。

「メイコ、その……お茶でも飲みに行かない？」

「お茶……？」

「ほら、喉渇いたんじゃない？　あっちの部屋に囲炉裏があってね、そこにお茶の薬缶が
……」

メイコの表情がみるみるうちに険しくなっていく。

「嫌だよ」

強い拒絶。

私は戸惑う。

「え、あ……嫌なら、いいんだけど」

「ごめん」

メイコも言いすぎたことに気が付いたのか、頭を下げる。

「じゃあ……私お茶取ってこようか？」

メイコに対する譲歩のつもりだった。しかし、それを聞いたメイコはさらに声のトーンを上げた。

「ダメ！」

私とメイコの間の空気が凍りつく。

「メイコ……？」

「カナは、そこにいてよ」

メイコの目は私をまっすぐに見ていた。

「え……」

「カナは、動かないで」

メイコの視線は鋭い。まるで目を剝《む》くようにして、睨んでいた。明らかに私を警戒している。おそらくはメイコではなく、メイコの中に潜んでいる何かが、私を敵視している……。

「う、うん。ここにいるよ」

私は努めて明るい声を出し、メイコの近くに腰を下ろした。

メイコは私を視界の隅に収めつつも、それ以上は何も言わず黙ってうずくまっていた。その目はただ、畳だけを見ている。よく見ると、少し震えているようだった。

やはりいつもと様子が違う。

いつから、霊に憑かれていたのだろう？

来る途中の電車でも、駅でも、異常はなかったように思う。ここに来るまでは、いつもと同じだった。あの蔵の近くまで来て、急に怖がり始めた。なら、ここに来てから取り憑かれたのか？

たぶんそれは違う。

佐久さんは、そもそもメイコと私がここに来たことすら霊の影響だったと言っていた。つまりもっと前から霊はメイコの中に入っていたのだ。それがボロを出し始めたのが最近だということ。なら、いつから……。

私は記憶をたどっていく。

そもそも、私が霊の話を知りたがっていた時に、ユウの存在を教えてくれたのはメイコだ。ユウと仲良くするようにけしかけていた。もちろん、私もノリノリで仲良くなろうとしたのだけれど。

それだけじゃない。佐久さんの存在を教えてくれたのもメイコだった。一緒に佐久さんのところへ行った時も、メイコが一緒に来てくれたし……肝試しに行った時だって、一緒に行きたがらないユウの横で後押ししてくれたのは、メイコだった。

……今までのメイコって、私のことをフォローしているように見せながら……うまく私を誘導していた？

まさか……。

あれ、私って……いつメイコと仲良くなったんだっけ。

ずっと昔から親友同士だったような気がしてたけど、どんなきっかけで一緒に旅行までできる関係になったんだっけ？

思い出せない。

あれ……？

メイコ……？

「カナ」

「わっ？」

ふと気が付くと、メイコの顔が目と鼻の先にあった。

「何考えてるの」

詰問するような口調である。

私の考えていることがわかるのだろうか。

「べ、別に。今日の夕ご飯何かなあとか……」

誤魔化そうとする私。

「それ、本当？」

メイコはなおも畳み掛けてくる。

「本当だよ。他に、私が考えることなんてないじゃん」

「……お気楽だね、カナは」

メイコはふうと息をつく。

「メイコ……？」

「よく怖くないよね、カナ。私は怖いよ。あの蔵も、この場所も。ここ、来るんじゃなかったよ……」

「…………」

「早く帰りたいなあ」

——メイコさん、逃げちゃうかもしれないんだよね。

佐久さんの言葉が頭を駆け抜ける。

「ダ、ダメ！」

「え？」

「えっと、ほら……メイコ、まだ帰っちゃダメだよ。夕ご飯食べてないしさ」

儀式の時間まで、メイコを逃がすわけにはいかない。

今のメイコが何かに憑かれているのなら、元に戻ってもらわなくては。

「夕ご飯なんて、どうでもいいじゃん」

メイコは大きなため息をつく。

「ど、どうでもよくないよ」

「カナ……」

「な、なに」

メイコが目を細くし、私を見据える。

「何か企んでるでしょう」

「…………」

ドキリと心臓が震える。

「でもね、言っておくよ。私はあんたの企みになんて引っかからないからね。無駄なことはやめた方がいい」

「別に何も企んでなんか……」

「わ、私をここから出さないつもりなんでしょう？　そうはいかないいんだから！」

メイコは甲高い声を上げると、壁にかかっている時計を見た。つられて私も時計を見る。六時過ぎだ。

「まだ東京までの電車はあるもん。私、帰る」

「メイコ！」

ダメ。行っちゃダメ。

私とメイコは同時に立ち上がる。

「何？　カナも帰る？」

「違うよ……メイコ！」

どうしたらいいいんだろう。ここから逃がすわけにはいかない。しかし、それを伝えたら、メイコに……メイコの中にいる霊に感づかれる。

「ふうん。まあカナは好きにしたらいいよ。私、行くから」

メイコはぷいと背を向け、勢いよく歩き出した。

行くって。荷物も何もかも置いて、どうするつもり？　やっぱりメイコ、普通じゃない。

「ま、待って！」

私は無我夢中でメイコの腕を握る。

もう会話なんてしている余裕はない。とにかくメイコの動きを止めなくては。佐久さん、儀式の準備はまだできないの？

「放してよ！」

メイコは私の腕を振り払う。凄い力だ。

「ダメだってばっ！　今帰っちゃ！」

「私の勝手でしょ」

私を突き飛ばすようにして駆け出したメイコ。こちらも必死で体勢を整えると、畳を蹴って走り出す。メイコは廊下に出ると、玄関に向かい、靴も履かずに庭に降りた。

「待って！　メイコ！」

私はその背中を追う。

夕陽があかあかと山々を照らし出し、庭には木々や建物の長い影が伸びている。昼と比べて弱々しい光線が、それでも私の皮膚を温める。うっすらと闇が広がり始めた中に、メイコは飛び込んでいく。

どうしようどうしようどうしよう！

メイコがお化けに持っていかれちゃうよ！

ユウ、佐久さん、ロクさん、誰か、助けて……。

「カナ！」

大きな声がした。

声のした方を見ると、メイコの走る先でユウが仁王立ちしていた。さっき佐久さんが着ていたような、狩衣を身に着けている。形は佐久さんと共通のようだが、色は黒だった。

「遅くなってすまない。『祓いの儀』の準備ができた。北の蔵の方へ、追い詰めるぞ！」

ユウはそう怒鳴ると、手を大きく広げてメイコの前に立ちふさがる。その巨体は、まっすぐに出口に向かう道を完全に封鎖した。それを見たメイコは進行方向を変え、北側に向かって走る。

「北の蔵前に兄貴がいる。そこまで走ってくれ！」

ユウは指さして方向を示す。私はそれに従い、メイコを追って北へ向かう。湿度と熱気の混じった夏の空気をかき分けるようにして、私は走った。

すぐ後ろからユウもついてくる。

「頑張れ。もうちょっとだ！」

蔵が見えた。

その開け放たれた扉の方向を向いて、佐久さんが座り込んでいる。周囲には円状にかがり火が配置され、ゆらゆらと揺れながらあたりを照らしていた。佐久さんの白い狩衣には、揺れる炎の光が重なり合い、複雑なグラデーションが描かれている。

佐久さんはゆっくりと立ち上がると、こちらを見た。

そしてにっこり笑い、小さく手招きをした。

その顔で、赤い夕陽とかがり火の光が揺れていた。

「もう少しです！」

蔵の脇を走り抜けようとするメイコの前に、ロクさんが現れる。手に何か持っているようだ。よく見ると、熊手だった。ロクさんは熊手でメイコの退路を塞ぐと、私の方を見る。

「そのままメイコさんを追いかけてください！」

「わかりましたっ！」

私は喘《あえ》ぎながら返事をすると、足に力を込めた。

メイコは周囲を見回すが、ロクさん、私、ユウに囲まれて逃げ場がない。

そのままふらふらと、かがり火の中心部に近づいていく。

それを佐久さんは微笑みながら見つめていた。

今なら追いつける。

私は思い切って加速した。

「捕まえた！」

私はかがり火の中心部に飛び込んで、メイコに抱きついた。

「ひいいいいっ」

メイコが叫び声を上げる。

「もう逃がさないよ、メイコ」

すぐ後ろにユウが追いついてくる。退路を塞いでいたロクさんも、近づいてきた。メイコは完全に包囲された。

佐久さんが柔らかく笑いながら、メイコを抱きしめている私の腕に触れる。

「もう大丈夫だよ」

佐久さんはそう言うと、ゆっくりと導くように私の手をメイコから外し、自分の手と重ねた。

「…………」

自由になったメイコは私を振り返る。そこには恐怖の感情がはっきりと表れていた。そして、ゆっくりとかがり火の外へと出ていく。私はきょろきょろとあたりを見回す。

大丈夫？　メイコから手を放してしまって、いいの？　逃げられちゃうよ？

ユウやロクさんを見るが、二人とも神妙な顔で私たちを見つめているだけで、メイコを拘束しようとする者はいない。

日はすっかり落ち、並んだかがり火は私と佐久さんの姿をくっきりと照らし出している。

「メイコさん、よく演技してくれたね。ありがとう。少し、離れていて」

佐久さんはメイコに声をかける。その間も視線は私から外さない。

私も佐久さんを見つめる。

メイコが演技って……どういうこと。

心の中に不安が生まれ、背中を冷たい汗が流れる。

幻想的な炎がちらつく中で、私と佐久さんは手を握り合い、見つめ合った。

「祓いの儀を行う」

ささやくような声がした途端、足元の地面がなくなった。

気が付くと、私は闇の中に浮かんでいた。

体の手ごたえがない。体重が消えてふわふわと浮いている。

自分の手を見てみる。確かに手があるのだが、ぼんやりとしていて、像を結ぶ時もあれば、肌色のもやもやになる時もある。

空気の感触もなく、何の音もしない。どこかへ行こうとすればどこまでも行けるように思えた。

時々、フラッシュでも焚《た》かれるように夏の夕方の光景が世界に現れては、消える。あの蔵の前の光景だ。そこでは私と佐久さんが二人、かがり火に囲まれて座り込んでいる。私はそれを、上下左右あらゆる角度から観察できた。

これって、あの時に似ている。

肝試しで行った、あの廃病院……。

「お待たせ」

どこかの方向から、声が響いてきた。

佐久さんの声だった。

「佐久さん」

「騙すような真似をして、悪かったね。僕は目的を達成するためなら、どんな嘘でもつくタイプでね」

「まさか……」

佐久さんが闇の中で頷く気配がした。

「そう。霊が憑いていたのは、君だ」

「……」

「もっと正確に言おうかな。君は、霊なんだ。もうこの世に体を持たない存在なんだよ」

「……」

何の言葉も出てこなかった。

佐久さんの口調は優しい。親が子供に飼い犬の死を伝えるように、柔らかく噛んで含めるような声だった。私は子供。飼い犬が死んだということが理屈としては理解できても、それがどういうことなのかがすぐにわからない。

何が失われて、これからの生活がどう変わるのか。疑問ばかりがいくつも頭の中に流れ込んできて、何も言えずに立ちすくむ。

「ここは、霊の世界だ。正しく言うと、君の持つイメージの中に、僕が入り込んでいる。イメージの中では空間がずっと広くて、時間がずっと遅く流れている。ゆっくり、話そうか」

「私が、霊……」

「うん。僕は君を、猿倉佳奈美の体から放した。よく思い出してごらん。君はもともと、猿倉佳奈美ではなかったはずだ」

「私、私……」

私が猿倉佳奈美ではないって？　そんなこと、今まで考えたこともない。

猿倉佳奈美ではなかったら、私は……。

「落ち着いて。怖がらなくていい。ゆっくり、順々に行こう」

「ゆっくり、順々にって？」

「まず、君がその体に入ったのはいつからか、だ」

「私は……」

「メイコさんに聞いたよ。君は急に、心霊に興味を持ち始めたらしいね。それはいつ？」

「夏休み前だから、七月くらいですか。それで、ユウと友達になって……」

「でも、メイコさんが言うには、それまでの君は心霊に首を突っ込むようなタイプじゃなかったようだよ。とにかく怖がりで、怖い話を読むのも苦手で、肝試しなんてしようものなら真っ先に逃げ出す子だったんだって」

「……え？」

そうだったの？

そんなこと、覚えてない。

「だからメイコさんは戸惑ってたね。どうしてこんな風に変わっちゃったんだろうって」

……いや。もっと言えば、七月より前の記憶で、はっきりと思い出せるものが全然ない。私、中学ではどんな子だったっけ？　小学校でどんな友達がいたっけ？　昔の母さんは、どんな顔をしていた？　メイコとは、いつ知り合ったんだっけ……。

「そう。君がその体に入ったのは、七月頃だ。僕は七月の六日だろうと見当をつけているが、その説明はまた後にしようか」

私の記憶。

私の記憶が、ない。

この体で今まで生きてきたのは、私ではない……。

「猿倉佳奈美に取り憑いた君は、猿倉佳奈美の行動をある程度操作した。それでも、憑依霊ってのはね、そんなに強い影響を及ぼせるものじゃない。君が猿倉佳奈美を操った範囲も、ほんの少しなんだ」

「その影響が……『心霊に興味を持つ』ってことだったんですか」

佐久さんは照れくさそうに笑った。どうしてそんな笑い方をするのか、わからない。

「結果的にはそうだったのかもしれない。でも、たぶん順番が違う。君が本当にしたかったのは、僕と……鳴神佐久と、僕の弟……鳴神雄作を、仲直りさせることだよ」

「ええっ？」

「二人を繋ぐために、君は二人の共通の話題である、心霊に首を突っ込んだんだ」

「私、そんなこと……」

考えていませんよ、と言おうとしたところで口が動かなくなる。

ずっと私、お化けに興味があった。お化けのこと知りたくて知りたくて、たまらなかった。だからどうしてもメイコにユウを紹介してもらいたかったし、佐久さんのことを聞いたら、どうしても会いたかった。

そして、二人を知ったら、どうしても二人の接点が欲しくて……色んな話を聞こうとしたし……一緒に肝試しもした。

そして、ユウが実家に帰る勇気が欲しいって言った時に、私は何だか嬉しくて……すぐに、一緒に行くって決めた。

これって。

これって……。

「君は長いこと猿倉佳奈美の体の中にいたから、彼女の意思が随分混じっているんだよ。だから、自分自身の目的を忘れてしまったんだ。でも、本当の目的は無意識のうちに、君を行動させていた」

私の本当の目的。

「そうだろ？　ただ心霊に興味があるだけなら、何も僕や雄作にしつこく接触する必要はない。もっと協力的な霊能者だっているだろうし、別に一人で心霊スポットに行ったってよかった。にもかかわらずそうしなかった事実は、君の目的が別にあったことを示している」

そうだ。その通り。私、ユウと佐久さんがいなかったら嫌だった。

どうしても嫌だった。

「そして君は、目的を達成したんだ」

私は……。

「家出していた雄作を呼び戻し、僕と雄作の二人でこの問題に対処させた。鳴神家が元に戻るきっかけを作ったんだよ」

あ。

佐久さんの話を聞いているうちに、私の頭の中に何かぱりりんと音が響いた。

頭の中で幾重にも壁を立てて、封じ込めていた事実がどくんと鼓動するのがわかる。ぱりん、ぱりん。音がするたびに壁にヒビが走り、ガラスのように粉みじんに砕けていく。

猿倉佳奈美という意識が割れて消え去っていき、元の私の意識がよみがえってくる。

鮮やかに、色濃く……。

何だか恥ずかしい。

こんなの恥ずかしい。

知られたくなかった。

そう。知られずに、目的を達成したら、消えるつもりだったのに。

よりによって、佐久にばれてしまうなんて。

ドジしたなあ。

「思い出した？」

佐久の声が頭の中に響く。

「思い出した」

私は頷く。

佐久は、にやにやと笑っているようだった。

生意気な奴だよ、本当に。

佐久は少し柔らかな感じに口調を変えて、私に言った。

「久しぶり、ばあちゃん」

「見て佐久。この縁側の景色、懐かしいね」

私と佐久は、縁側に二人立っていた。

空には大きなオリオン座が、二つの一等星を携えて輝いている。

「ああ」

冬の鋭い冷気。しんしんと降る雪は藁葺の上に音もなく積もっていく。

「冬にはよく、霜柱を割ったね」

「うん。雄作の奴が、特に好きだったな」

裏手にある畑には、毎朝霜柱が張る。踏み割るとぱきりと小さな音と共に、細い水晶のような輝きが土の中から現れる。

「佐久、雄作のために少し取っておいてあげるんだよ」

私は庭に降りる、小さな佐久に声をかける。

「僕は、霜柱はいつも踏まずに取っておいていたよ。そしてばあちゃん、今ばあちゃんに見えているのは、現実じゃない。ばあちゃんの、記憶だ」

私の横には、立派な青年に育った佐久がいて、そう言った。

「そうなんだね。さっきまで夏だったはずなのに、おかしいと思ったよ」

「僕が猿倉佳奈美の体から、ばあちゃんを引きはがしたからなんだ」

「どういうこと？」

「体を失った霊体は、現実と意思の繋がりが失われていく。ゆっくりと記憶と想像とが混在し、それはコーヒーにミルクを混ぜた時のように溶け合い、静かにマーブリングを描き、境界線は曖昧になり、やがて消滅していく」

「…………」

「コーヒーとミルクからカフェオレを作ることはできるけれど、カフェオレからコーヒーとミルクに戻すことはできない……」

「もう元には戻れないんだね」

佐久は無言で頷く。

今度は空に桃色の花弁が舞い、薄青の空を埋め尽くしていく。春だ。私の一番好きだった季節、春。何度も見たこの光景。毎年同じように美しく、毎年形も色合いもかすかに違う。

「それが死ぬ、っていうことなんだよ、ばあちゃん」

「偉そうに言うんじゃないよ、死んだこともない癖に」

諭すように言う佐久に、私は口をとがらせる。

「ばあちゃんは六月の十五日に入院し、七月六日に間質性肺炎で死んだ。体を失った魂は空を彷徨《さまよ》い、猿倉佳奈美に取り憑いた。そして猿倉佳奈美の意思と共存しながら、今まで意思を保っていたんだよ。再び体を失ったばあちゃんの意思は、もう一度世界に溶け始める。すっかり混ざりきったカフェオレは、世界という、もっと大きな液体と一つになる。そして再び分離する時を待つんだ」

山がふいに赤くなる。紅葉だ。緑がかった赤から燃えるような赤まで、無数の葉が私を圧倒するように周囲から迫りくる。

佐久は紅葉の季節に生まれた。病気がちだった佐久のために、よくリンゴの摩《す》り下ろしを作ってやったものだ。

「ばあちゃん」

私の横で佐久が言う。

私は目まぐるしく再生される記憶の映像を見る。今までに過ごしてきた時間を噛みしめながら。

「迷惑かけたね、佐久」

私は言う。

あの佐久がここまで大きくなり、そして立派に祓いの儀をやってのけた。

その成長っぷりに、涙が出そうだ。

「ばあちゃん。迷惑だなんてことはないさ。それを言うならこっちの方だ。僕と雄作のことで色々気に病ませて、憑依霊なんかにしてしまって、本当にごめん」

「まあ、それは本当に心配だったからね」

「でも、わかったろう？　雄作は成長して戻ってきたし、僕とも協力して祓いの儀を行った。もう、大丈夫だ」

「……そうだね」

私は佐久と一緒に、記憶の景色をしばらく眺める。

「雄作は、私が霊となって雄作の友達に憑いていたことを知っているのかい？」

私が聞くと、佐久が答える。

「知ってるよ。祓いの儀の準備をする時に、教えた」

「驚いたろうね」

「驚いてたね。あいつ、ばあちゃんのこと大好きだったからな」

「そうかい……」

「でも大丈夫さ。あいつ、反省してたよ。自分が家出なんかしたから、ばあちゃんに心配かけてしまったって。そうだ、伝言を預かってたんだ」

「伝言？」

「ばあちゃん、ありがとう。俺はしっかり生きていくから、大丈夫」

「……言われなくたって、わかってるよ」

「そう。ああ、僕からも伝えたいことがあるんだ」

「何だい」

「ばあちゃん、ありがとう。僕もしっかり生きていくから、大丈夫」

佐久は冗談めかして言った。だけど、それが佐久の本心であることはよくわかった。昔から照れ屋で、感情表現が下手なところのある子だ。私は佐久を見て、笑う。

「お前、最初の『片化粧』の時からわかってたんだろう？」

「…………」

「霊を見せてあげるために『片化粧』を勧めたなんて言っていたけど、ありゃ嘘だね」

「どうかな？」

佐久はいたずらっぽく笑う。

「猿倉佳奈美の中に二つの霊体が入っているのを感じてたんだろう？　そこで、『片化粧』をやらせてみた。うまくすれば、片方が分離して万事解決、になると思ったんじゃないか？」

「そこまでは考えてなかったよ」

佐久は両手を広げて言う。

「どうかな」

「確かに最初に猿倉佳奈美を見た瞬間、妙な感覚はあった。一人じゃないな、とは感じた。だけどそこに憑いているのがばあちゃんだなんて、考えてなかったよ。で、ダメ元で分離できるかどうか試してみたんだ。まあダメだったとしても、何かがわかるかなと。それにさ、純粋に面白そうじゃん。何かにすでに憑かれている人間が『片化粧』やったらどうなるのか、知りたいじゃん」

「乱暴なやり方だねえ」

「結果、分離はできなかった。それどころか全然別の霊体が現れそうになったから、『片化粧』はやめたんだ」

「行き当たりばったりにもほどがあるよ」

「僕なりに努力したのさ。ばあちゃんが憑いていることに気付いたのは、実家に戻ってきてからだね」

「ふうん」

「それも、祓いの儀の直前さ。ほら、三人で内緒話したろ？　あの時猿倉佳奈美は、囲炉裏の薬缶を取ってお茶を飲んだ。それが僕には不思議だった。初めて来た人間が、薬缶にお茶が入っているとなぜ知っているのか。仮に誰かに聞いていたとしても、人の家に来ていきなり飲もうとするだろうか」

「ああ、なるほど……」

「何より、その仕草がね。いつも囲炉裏でお茶を飲んでいたばあちゃんの姿に重なったんだ。茶をねだる雄作に仕方なく注いでやるところもね」

「そういえば、そんなことも昔はあったね」

「そこで、憑依霊はうちの身内なんじゃないかと推測した。近縁で霊になりそうな人物なんて、自然と限られる。後はメイコさんに色々と聞いてみて、確信を持ったわけ」

「鳴神の当主たるものが、そこまで憑依霊の正体に気付かなくてどうするんだい」

佐久は苦笑する。

「最後にはこうして真実にたどりついたんだから、いいじゃないか」

「まあ、そうだね」

私も笑った。

もう時間があまりないことがわかった。

目に映る光景は、めちゃくちゃだ。順序もなく、関係性もなく、ただ過去の記憶がでために再生されるばかり。ある光景が浮かんだと思ったら、すぐに別の光景が浮かぶ。それぞれは懐かしい情景なのだが、いかんせん移り変わる速度がおかしい。そして、その速度はどんどん速くなるようだ。やがて一秒も待たないうちに次の光景が浮かぶようになってきた。

——霊に順番は関係ない。

いつか佐久に教えてもらったことだ。

その感覚が、理解できるような気がする。

一つ一つの光景が、こうも切り替わってしまったら、順番なんて考える余裕がない。一つの光景の残像がまだ残るうちに新たな光景がそこにのせられ、それが何度も何度も繰り返す。やがて全部の光景が一つに重なった、多重の光景を見ることになるだろう。記憶が時間という縦線を失って、同時の現象として混ざり合って存在してしまう。

「……佐久」

「ん？」

「どうして、私が猿倉さんに取り憑いたのか、わかった気がする」

「ああ……僕もわかってるよ。答え合わせをしようか？」

佐久が笑う。

「佐久から先に言ってごらん」

「僕からかい？」

「ああ。たぶん、私の方が正解だから」

佐久は少し考えた後、素直に口を開く。

「名前だろうね」

「ふうん？」

佐久は頷く。

「猿倉佳奈美。カタカナにすれば、サルクラカナミだ。ばあちゃんの名前は桜。鳴神桜は、ナルカミサクラ。霊に順番は関係ないから……サルクラカナミはナルカミサクラとすべての文字が対応する。つまり、ばあちゃんにとってサルクラカナミは、ナルカミサクラと区別がつけられなかったと思われる。だから、自然に取り憑いたんだ」

私は笑う。いかにも佐久らしい回答だ。

「なるほどね。そういう理由も、ちょっとはあるんだろうね。五十点ってところかな」

佐久は困惑する。

「他に理由があるのかい？」

「世の中は論理性だけじゃ、測れないよ。そこに気が付いたら、佐久も少し成長するかもしれないね」

「ばあちゃん。どういこだとよ」

「何だって？」

「あちゃばん。かのきえこいな？」

「ああ、佐久、もう時間みたいだよ」

「んばあちゃ」

佐久の声が、出鱈目《でたらめ》に聞こえる。順番が狂っているのだ。ばあちゃんがあちゃばんになり、んばあちゃになる。ついに視覚だけでなく聴覚までも、順番を失い始めた。こうして私は人間の思考を失っていくのだ。

死んだのだから仕方ないよね。

思えば楽しい人生だった。

素敵な孫も二人いるし。

二人はまだまだ成長不足だが、根っこはしっかりしている。最後まで心配させられたが、これからはきっと大丈夫だろう。二人はきちんと協力して、私の霊を祓った。過去のしがらみも、迷いも、悩みも、いつか乗り越えていくだろう。

思い残すことはない。

私は目を閉じる。

こうして、私は世界に溶けていくのだ。

猿倉佳奈美さん、あなたを利用して、迷惑をかける形になってしまってごめんなさいね。

色々あったけれど、あなたとしばらく一緒に過ごせて楽しかった。死んだ後でもう一度若者だった時の気分を味わえるなんて、私は幸せ者だよ。

猿倉佳奈美さんも、幸せになってね。

こんな素敵なお嬢さんが、ユウのそばにいてくれるなんて、安心だね。

私、知ってるよ。

私があなたに憑くことができた、本当の理由。

私とあなたには縁があったんだ。こういうのにとんとうとい佐久は、全然気づいてないみたいだけど。

私たちは、同じものに対して、同じ感情を抱いてたんだよね。だから共鳴して、引かれ合った。

それは、ユウのことが大切という——。


「それ以上、言わないで!」

私は叫んだとのこと。

そしてそのまま気絶したらしい。

ノート❹
その後について

目覚めた時は、鳴神家の縁側で、布団の中でした。

心配そうに佐久さんが、ユウが、メイコが私を覗き込んでいました。

とても清々しい気分だったことをよく覚えています。

そして、何か病的なほどに私を突き動かしていた、霊のことが知りたい、佐久さんとユウに仲良くなって欲しいという感情が消えているのがわかりました。

そして、ユウの顔を見たら……ドキッとして……急にめちゃくちゃ恥ずかしくなって、私は赤面し、それを隠そうとして布団の中に潜り込みました。

全部思い出したのです。

そりゃメイコも私のことを怖がるはずです。明らかに、私が変になっちゃってたんですから。

元の私はお化けが大嫌い。霊の存在は信じているけれど、それゆえに本気で怖がっていて、例えば肝試しなんか絶対に参加したがらないタイプ。だけどそんな私が一目惚れしちゃったのが、ユウだったんです。

ユウと仲良くなるきっかけを探していた私が、メイコと相談して考えたのが……霊の話を聞くこと、でした。ユウと付き合うためなら、怖い話も我慢する。それが最初の計画。

……で、計画を実行する時には、もう桜さんが私に取り憑いてたんだと思います。私の弱虫な恋心なんてどこかに追いやられてしまって、ユウに近づき、佐久さんに近づき、二人を仲直りさせる。そのためにひたすら動いていました。

その時は何の疑問も感じませんでしたが……正気に返ってみると、どうしてあんなことができたんだろうと不思議に思います。憑き物が落ちるという言葉が、まさにぴったりです。

これが、私が高校生の頃に起きた出来事のすべてです。

ノート❺
追記：その後に残された論理的に解けない問題について

このノートは、元々誰にも見せるつもりはありませんでした。

しかし、友達と話したりするうちに、もう少し物語としてまとめて世に出してみたらという意見をもらい、たまたま知り合いの作家さんと、編集者さんが協力してくれたこともあり……匿名《とくめい》という条件で、こうして本になりました。

内容の多くを一人称の小説風にしたり、わかりにくい部分を直したり、色々と読みやすくするために加工したことに加え、匿名ということで、作中の人物名や地名は別のものに変えてありますが、起きた出来事はそのままです。なお、偽名を考える時、アナグラムになるように私と桜さんの名前を考えるのに少し苦労しました……。

本になるにあたり、その後どうなったのかという話を少し書き加えた方がいいと思い、こうして最後に書かせていただきます。

まずメイコには、爆笑されました。

私が憑かれている間、やはりメイコはずっと変だと思っていたようです。その感覚は次第に恐怖にも変わったと言っていました。それでも、憑かれた理由がユウを好きだったから、ということを伝えると、思いっきり笑われました。

あんたらしいよねー。

そう言いながら笑い続けるメイコ。ちょっと頰を膨らませつつも、多大な迷惑をかけてしまったために何も言えない私。

そんなメイコとは、今でも親友です。

優秀なメイコはある大学の医学部に合格し、今は暗記漬けの生活を送っているようです。今でもたまに遊びますが、会うたびに「大丈夫？　お化け憑いてない？」とからかわれます。

佐久さんは、一ツ橋の大学院に進みました。

鳴神家当主として鳴神の蔵を守りつつ、相変わらず数学の研究にいそしんでいるとか。ただ、面白いことを探して何でもする性格に変わりはないようで、よく悪巧みを考えては心霊現象研究会の部屋にやってきます。

あ、そうだ。

私は、一ツ橋大学に合格しました。佐久さんのいた大学です。最初に行った時のあの独特な雰囲気が忘れられず、ついに入学までしてしまいました。

学部は数学科です。数学をいっぱいやれば、佐久さんの言っていることがもう少しわかるかと思って志望しました。今のところ数字と記号に悪戦苦闘していますが、結構面白いですよ。

そして……心霊現象研究会は、まだ存在しています。

チサトさんが現会長。会員は、私と……それから、ユウ。事実上の会長は、佐久さんですが。佐久さんはOBのくせに、どの会員よりも頻繁に部室に入り浸っています。

あの出来事を経て、お化けのことが大嫌いだった私の心にも、変化が生じました。もちろん「片化粧」のように、恐ろしいこともあるけれど……桜さんのように、決して悪ではない霊もいる。そもそもどんな人間でもいつか死んで霊になるのだから、一概に霊を恐れてはいけない。

そんな風に考えるようになりました。

もっと霊のことが知りたくなった私は、心霊現象研究会に入り、たまに霊的な出来事を調べたりもしています。

桜さんに取り憑かれていた時とは違い、自分の意思で、です。

あ、その中で起きた出来事もノートにつけてますので。もしご希望があれば、それも公開できますので。その場合はこっそり、連絡をくださいね。


そして、ユウは……。

あいつはもう、よくわかりません！


もう、知られて困ることなんて何もないので、全部ここに書いちゃいますが。

あの後も、ユウ、メイコ、私は仲良く一緒に帰ったり、勉強したりする関係を続けました。

私が一ツ橋大学を志望校にすると、ユウも同じ大学に進むと言いました。「お前一人じゃ心配だから」だそうです。そんで、二人とも一ツ橋大学に合格しました。ま、あいつは商学部ですけど……。何か商売を始めて、独り立ちしたいからだそうです。カッコつけんなっての。あ、入学金も学費も、全部自分の貯金から払ってました。そこまでされると本当にカッコいいから何も言えない。

で、私が心霊現象研究会に入ることを知ると、「お前一人じゃ心配だから」とついてきて、一緒に入会しやがりました。

これ、絶対大丈夫だと思うじゃないですか？

どんなに慎重派だって、これならいけると思うじゃないですか？

告白したら、振られました。

信じられません。

理由を聞いたら、余計意味不明でしたよ。

実はユウは、ずっと前から私のことが気になっていたそうです。実家に帰る時に、私が「ついていく」と言った時点で、色々解決したら告白するつもりだったと言います。ならOKでしょって話なのに。

だけど、あの出来事があって……私に桜さんが取り憑いていたことを知って……わけがわからなくなったそうです。あいつ、困ったような顔して言いやがりましたよ。

「憑かれていたカナが好きなのか、そのままのカナが好きなのか、よくわからなくなってしまったから、少し考えさせて欲しい」

だそうです。

そもそも、憑かれていた時の私が好きってのはどうなんでしょう？　憑いていたのはユウのおばあちゃんですよ？　マザコン……は違うか、グランドマザコン……？

そんな男、はっきり言って気持ち悪いです！

ああ、マザコンと言えばそうそう、お母さんとの関係は少し良くなったらしいです。佐久さんと一緒に祓いの儀を行ったことで、少し見直してもらえたとのこと。帰ってくるお許しは出たらしいけれど、本人はまだ自立できてないからと言って帰ろうとしません。本当は帰りたいくせに。まったく頑固なんだから。

あーもう。

グランドマザコンで、マザコンで、頑固。

いいとこなし。


……でも、まだ好きですよ。

悔しいことに、好きなまんまです。

ユウに会うといつの間にか顔が赤くなるし、ちょっと勉強とか教えてもらうだけでもドキドキします。

好きなのはユウにもばれてますし、佐久さんにも、メイコにも……あの事件に関わった人、ほとんどの人にばれてます。

ばれた状態で、私とユウは一緒に部活したり、勉強したりしています。

この生殺し状態、何なんでしょうか。こっちは持てるカードを全部切ったまま、相手が「どのカード出そうかなあ」と考えてるのをずっと待ってるんですよ。そりゃ相手だって待たせてる気まずさはあるでしょうけれど、こっちはそれ以上にもやもやするんです。

私、弄ばれてるんでしょうか？　ユウはそんなことする奴じゃないとは思うんですが。

はあ。

愚痴《ぐち》ってしまってごめんなさい。

この恋、進展するんでしょうか？

もうすぐゴールデンウイークです。

心霊現象研究会では、肝試しの計画をいくつか立てています。

私はその計画に全部参加するつもりでしたが、一日だけ不参加にしました。というのも、ユウが一日だけ空けてくれと言ったからです。たまには二人で遊びに行こうって。そうじゃないと話せないこともあるからって。

これ、期待していいんでしょうか。

でも私、期待したくないです。期待しておいてがっかりするのには疲れましたから。何にも期待せずに、テンション低めで行くつもりです。

その方が楽ですから。

…………。

期待しちゃ、ダメですよね。

この作品は書き下ろしです。原稿枚数304枚（400字詰め）。

幻冬舎文庫

●好評既刊
小指物語
二宮敦人

「死ぬ前に、いろんな人の自殺を見てみたら」。屋上から飛び降りようとした僕を、「自殺屋」が引き止めた。最初に見せてくれたのは、志願者の女子高生を〝壊してあげる〟瞬間。新感覚ホラー！

●最新刊
少女は夏に閉ざされる
彩坂美月

帰省せずに女子寮に残った七瀬ら五人は、犯罪現場を目撃したことから、男性教師に追いつめられる。さらに死んだはずの女生徒からの電話が鳴り――。叙情的かつスリリングな青春群像ミステリ。

●最新刊
ねこ弁
弁護士・寧々と小雪の事件簿
大門剛明

最速でスーパーのレジを突破した者に遺産を相続させよ――。奇妙な遺言を残した資産家の狙いは？「レジ待ちオリンピック」など、六編を収録。美人弁護士姉妹が活躍するユーモア・ミステリ。

●最新刊
シューメーカーの足音
本城雅人

名を馳せるためならば手段は問わない野心、他者の笑顔のために我欲を捨て去る礼節、真に人を魅了するのはどちらなのか？　ある人物の死を巡り対峙する靴職人同士の攻防を描くミステリ長編！

●最新刊
ノーサイドじゃ終わらない
山下　卓

暴力団を襲撃して絶命した先輩の葬儀のため帰省した沢木有介。しかしその後、当時の仲間の一人が謎の失踪。さらに先輩の「彼女」という美少女が現れ――。15年間、隠されてきた真実とは。

正三角形《せいさんかっけい》は存在《そんざい》しない

霊能《れいのう》数学者《すうがくしゃ》・鳴神《なるかみ》佐久《さく》に関《かん》するノート

二宮敦人《にのみやあつと》

平成25年10月10日　初版発行
令和2年7月25日　3版発行

発行人――石原正康
編集人――永島賞二
発行所――株式会社幻冬舎
〒151-0051東京都渋谷区千駄ヶ谷4-9-7
電話　03(5411)6222(営業)
　　　03(5411)6211(編集)
振替00120-8-767643
印刷・製本―図書印刷株式会社
装丁者――高橋雅之

幻冬舎文庫

ISBN978-4-344-42098-4　C0193　に-14-2

幻冬舎ホームページアドレス　https://www.gentosha.co.jp/
この本に関するご意見・ご感想をメールでお寄せいただく場合は、
comment@gentosha.co.jpまで。